瑜伽練習者求生指南

張以昕
Phoebe Chang
——著

推薦序

在路上

作家．醫師　吳妮民

我和瑜伽的故事，說來是種契機吧。幾年前，我不經意讀到作家劉梓潔的文章〈書呆子的瑜伽旅程〉，講述她如何從肢體僵硬的上班族，自辦公室舉辦的每週瑜伽班開始，一步步投入瑜伽追尋，進而成為專業教學者的經過。此前，我不曾有接觸瑜伽的念頭，然而梓潔文中引述了一段關於「身、心」的闡釋，讓我非常動容——大意是，人的心念像風，很難抓取，呼吸是水，但身體如冰塊，是可以被掌握的。風、水與冰塊本質上是同一種東西，如果能訓練自己控制身體和呼吸，那麼，你將漸漸地可以控制自己的心。

出乎意料，當這些文字撞進眼簾，我竟怔怔掉下眼淚。

二〇一七年初，因為積累的各式壓力，我初次體會什麼是頭痛，需服止痛藥，甚至懷疑腦內是否有恙。這時瑜伽的種子冒了芽，我萌生動機，報名瑜伽課，心中還是疑惑它能不能治療我。第一次上課，是印度籍老師，當我勉力緊繃地想要跟上某個姿勢時，聽見他以不很標準的中文輕柔說出，「放鬆，然後妳就做得到。」此刻，我又流下眼淚。

後來，我沒有再頭痛過。枕部頸項的肌肉放鬆了，在不很頻繁的練習中，我也慢慢發現，原來伸展真的會進步，下犬式觸不到地的腳後跟，半年後可以接近地面。肌肉逐一有了名字和知覺。回想起自己那副曾年輕到似乎不存在的軀體，也想起大學三年級上的解剖課，怎麼背都背不起來的肌肉、肌腱起始點，如今我終於知道它們的作用，體驗到訓練副交感神經帶來的平和。啊，若是那時就認識瑜伽，有多好。

因此明白了契機進入生命的可貴，那之後所觸動的蛻變更是驚人。當我讀著同時身為瑜伽專業教師、也是寫作者張以昕的這本《瑜伽練習者求生指南》，深深覺得，這便是一掬種子，說不定亦將播灑進某個有緣人的心田。

閱讀全書，我感受到以昕的獨特之處。她是老師，於是有機會以帶領者、觀照者身分，和學員的生命碰撞交織，寫下彼此教與學中的領悟，如雙人瑜伽是「在互動中需要不斷感受對方的狀態，同時也要感受自己，因爲每一刻的彼此都在變化，需要不斷觀察和調整」，「『關係』一直是瑜伽練習的主軸，在生命中的每一刻都要學習如何跟自己、他人和平共處，以及與天地，或稱爲神佛或上帝深刻交流。瑜伽教導我們要不斷平衡自我、人我、神我的關係，使一切順暢、無礙地流動。」因而修煉瑜伽，不止於肢體，更是可以應用在生命中的心法了。也喜歡以昕在每則故事後，順勢延伸的體位教學，好比緩解情緒緊張，她推薦鱷魚休息式（Makarasana），有助於建立橫膈膜呼吸；而樹式（Vrikshasana）則能鍛鍊內外在平衡——原來，各種體位都有其獨到的修習功效，讀到此處，不禁要使我想起初練瑜伽時，被嬰兒式（Balasana）及攤屍式（Shavasana）帶來的撫慰鬆弛，所震懾感動的心。

以昕且是曾經歷多年情緒風暴的過來人。在書中，她慷慨分享從學生時期即長久牽絆自身的憂鬱症狀，那些足以將人狠狠拽進低壓漩渦、彷彿無能化解的身心不適，在領受瑜伽帶來的平靜喜悅後，以昕不僅涉渡，還成為這份能力的傳播者。生命帶來的苦難蟬蛻為禮物，滋養成同理心，由以昕真誠的文字，我深刻感受到她對他人謙和的溫暖。

而《瑜伽練習者求生指南》也展現了述說的層次。除了適用於對人生徬徨的瑜伽初心者，對已進入瑜伽之道的學員來說，也會有所裨益。許多開始追尋瑜伽心靈練習的人或許已對《瑜伽經》（*Yoga Sutra*）、瑜伽哲學、印度進修旅程有高度興趣，以昕將大師經典帶來的思索布置於故事行文之中，並記錄自己數度到訪印度北方瑞施凱詩（Rishikesh）瑜伽學院的所見所感，以靜默練習日記做為全書終章。於是，跟著以昕徐緩但堅定的腳步，讀者們似乎也在收攝身心的旅途上更進一程。說不定，這樣的神往，會成為某個有緣人啟程的契機吧。

領略過瑜伽的療癒能力，無論治身或治心，「練瑜伽」，是如今我會對病人提議的一種處方。

生命是這麼長久的一場功課，願我們都在使自己更好、更平靜的道路上。

自序

解憂瑜伽課

「瑜伽」（Yoga）的字義是連結、結合。讓兩種或多種不同的東西產生聯繫，重新修整跟自己、他人與至上的關係，最後打破小我的閾限，回歸源頭與宇宙大我合而為一，此即瑜伽練習的最高境界。

每個來到瑜伽教室的人，背後都有一段故事，他們總是靜靜地練習，一句話也不說，但有一天終於開口了，我才驚覺沉默的他們體悟竟如此之深，瑜伽成為堅實的浮木，承載他們從此岸渡到彼岸。或許始終風雨飄搖，但卻逐漸尋得活下去的勇氣，深知即便是一片微不足道的落葉，只要放鬆了，相信大海的支撐，就能漂浮在河面上順流前行；猶如躺在暗室墊上做攤屍式的我們，將身體的重量、內心的重擔完全交給地板，這份全然的信任帶來從內而外的釋放。那一刻，我們無名無姓、無牽無掛，遠離有形世界的一切，甚至感覺不到自己的身軀，只是單純地呼吸，不再追索，小我臣服於大我，做為一個安然平靜的存有，坦然接受生命的無常。

大千世界是最好的瑜伽練習場，而瑜伽教室便為其縮影，眾人帶著不同的目的及期待前來，希冀瑜伽能滿足心中的種種渴求。無論是想減肥、運動、抒解痠痛、減輕壓力、打發時間，都可能是練習的起點，而不僅是學員，就連老師也攜著各式想望而來，大夥兒因此產生連結，在小小的空間碰撞出無數火花。

《瑜伽練習者求生指南》寫的是發生在瑜伽教室裡的故事，老師是課堂的主角、配角也是見證者，穿梭在不同的教學場景，既是導演也是演員，跟學員一同演繹生命這場大戲。書中的失戀女孩可凡、單親媽媽采晴、過動男孩小乙、美魔女葉子、亞斯青年小山、婚姻失意的珮華、思覺失調的菩薩、通靈人葳葳、想減重的大肉、舞蹈姊妹花邱玥和邱冶，都在各自的困境中奮力求生。全書呈現出現代人對於身心靈療癒的渴求，以及在黑暗中探尋光明的期望，只求別太過入戲，過度認同自己的角色而不可自拔。

只要持續練習便能促使人們成長，而最初來到教室的原由，可能漸漸變得不太重要，大家紛紛在練習中獲得更深的啟發，瑜伽不再只是一種運動，而是檢視自我的一面鏡子。面對生命艱鉅的關卡，在現實生活中找不到出口，跌跌撞撞，亟欲透過瑜伽「療癒」，但真正的治療並非形式化的練習、知識的灌輸及他人的從旁協助，最終還是得在內省與靜默中接納自我並放下執著，才能尋得內在的平靜，這也是學習瑜伽的歷程中最有趣及值得述說的地方。

此刻，我仍待在老師的墊子上，聆聽學員的生命故事，陪伴來自各方的男女老少、不同職業與背景的人們練習。他們的故事也與我產生深刻的連結，拓展了我的眼界，勾起曾有的類似經驗。在你來我往的互動中，一次次安撫內心仍顫抖哭泣的小我之魂，得以超越囿限再次成長，讓我能用更柔軟的身段面對生命的艱難。

剛開始書寫這本書時，正面臨一段感情的結束，而透過寫作及瑜伽練習，一片片拼湊破碎憂悒的心靈，親臨書中每一堂解憂瑜伽課，一字一句勾勒每個場景與人物，跟主角們一同在墊子上修復自己。

當我寫完最後一篇，在外飄盪多時的心好累，不再掙扎，想回家了。

一瞬之間，只消一個起心動念，即能返回心家。

從嚴冬寫到初夏，走出室外佇立陽光底下，終於豁然開朗。原來，每個有覺知的當下就是我的家，幸福一直都在，毋須向外苦尋，透過每一次的靜坐、瑜伽和寫作重拾這份覺知，就是我身處世間的求生之道。

願你我皆能以生命之筆撰寫屬於自己的求生指南。

目次

繭愛

某天深夜，我的粉絲專頁接到一則訊息：「老師，請問我可以來試上妳的瑜伽課嗎？」點閱了對方的大頭貼，見到一張女人的畫像，一雙偌大而空洞的眼睛，流露無限的悲悽徬徨，彷彿再多說一句話，眼角就會湧出汩汩淚水。相片的背景是一片漆黑無垠的大海，雖然此刻風平浪靜，但狂暴巨浪即在不遠處，隨時都可能翻湧而上，瞬間即能毀去當下的一切。

我回覆她：「當然可以，請問您有練習經驗嗎？」「沒有，我很少運動，筋骨很硬，想來試試瑜伽。」她如此回答。

於是我詢問了她的基本資料，幫她預約了週末的課程。

＊＊＊

幾天後的週六晚上，終於見到可凡，她的個頭不高，一頭烏黑長髮紮成俐落的馬尾，話不多，自我介紹後朝我點頭笑了笑，就鋪了張墊子窩在教室的角落，安靜展開練習。

她的身體孱弱而僵硬，當我替她調整動作時，發覺她的雙手冒著冷汗，臉色蒼白、搖搖欲墜，幾個簡單的站姿就已是極限，經不起更多的操練。

大休息時，我熄了燈，在台上遠遠見她用毛巾覆蓋雙眼，以毛毯將身體包裹起來，宛如木乃伊一般，硬邦邦、直挺挺地躺在地上，於是向前替她將手腳攤開，擺放到最放鬆的位置。

當我轉身離開之際，聽見可凡呼出長長一口氣。這聲悠然長嘆，在靜謐的教室裡顯得格外清晰。

「一切都好嗎？」下課後，可凡走出教室，我探詢著第一次上課的她。

「好累，但練完後舒服多了。」她綻露笑容，這是整堂課當中，她第一次微笑。

爾後，她每週都來上課，每回都很安靜地現身，刻意跟人群保持距離，從不多說一句話。

練習時，她常抿嘴皺眉，身體似是蜷進隱形硬殼中，每回伸展總是費盡全力，想在包覆周身的殼上磕出裂口，然而每回的撞擊皆是痛徹心扉。望著揮汗如雨的可凡，我感覺她的力量正逐漸滋長，當她倒臥在地上大休息，呼吸逐漸穩定平順，不知躺在殼裡的她，是否感受到殼上敲出的細縫透進稀微的陽光與新鮮空氣，靈魂正悄然被療癒、滋養呢？

我也曾有過一副這樣的身軀，布滿難以痊癒的傷痕與疼痛，跟外界失去連結，恐懼地推開所有靠近我的人，完全無法感受到愛。把自己反鎖在密室裡，雖然那把鑰匙就放在口袋裡，卻始終不願意走出來。

直到某天，有道溫煦的暖光無意間鑽進黑暗的囚室之中，如此耀眼溫暖，讓我忍不住循光而出，這才發現光亮始終都在，只是昔日尚無能力感受。

我猜想，可凡也正在經歷類似的過程吧！

＊＊＊

一個月後的某天下課，可凡收拾好墊子後，等待其他的同學都離開，朝向我走來。

「最近過得好嗎？」我禮貌性地展開寒暄，她點點頭，眼眶卻已泛淚，於是我屈身上前，輕輕抱住了她。

可凡頻頻抽噎啜泣，我溫柔地拍撫著她的背脊，靜靜陪伴她將滿腔的傷痛緩緩宣洩而出。

風暴趨緩，她用衣袖擦去淚水，哽咽地致歉：「對不起，我哭了……」

我笑著拍拍她的肩膀，要她別擔心，能哭出來是好事。

「第一次上妳的課時，我剛失戀，每天都失眠，工作又很累，身體快要承受不住了，同事建議我試試瑜伽，看能不能睡得好一點。」她擤擤鼻子，撥扶額前的髮絲，然後繼續說：「大休息的時候，老師妳說，要把身體和心裡所有的壓力、痛苦、悲傷，全部都放下，交給地板。那時我突然覺得好安心，有種被安慰的感覺，一直流眼淚。幸好教室的燈已經關了，沒有人看見。」

可凡頓了半晌，黯淡的眼神驀然閃過一絲光亮：「能哭出來真好。」

「那後來有睡得比較好了嗎？」我問。

她笑了：「有，最近心裡輕鬆多了。」

接著，她靦腆地望著我說：「其實我幾乎每一次大休息都會流淚，但哭完之後，都像重生一樣，好溫暖。」

「那就放心哭吧，每次釋放完都會好一些，也更貼近自己一點。」我想起自己剛接觸瑜伽時，也常在練習後流淚，好似透過伸展，將藏匿在身體裡的悲傷一一擠壓出來，隨著眼淚恣肆奔湧。離開教室後，伴著藍天白雲散步回家，陽光暖暖地灑在身上，整個人煥然一新。

望著可凡離去的背影，腦中出現一個畫面，那是臉書上她那雙無助的眼睛，淚水安靜地奔流而下，儲積在包裹她的殼底，逐漸形成一座淚池。而倒臥池中的她，正藉由練習敲打出更多的縫隙，讓久未流動的死水能從縫中傾洩而出，使身心不至於滅頂。

那樣的歷程對任何人來說，都是很不簡單的。

＊＊＊

此後，可凡在自個兒的殼上開了一扇小小的窗，與我展開更多交流。除了討論瑜伽，她也時常與我分享生活點滴。在持續幾個月的交流後，我逐漸勾勒出這位女孩的心事。

她跟前男友K交往三年，剛開始的日子非常快活，彼此幾乎是一見鍾情、無話不談，擁有著魔般的強烈吸引力。

可凡如此形容K：「他非常有自信，追求完美，甚至到了自戀的地步。他告訴過我，這個世界上他最愛的人是自己，再來才是我。但後來我發現，他並非真的愛我，他只喜歡我某幾個討人喜歡的面向，而非全部的我。」

「所以你們常常吵架嗎？」我問。

「是啊，每當我表達自己的想法，或者顯露悲傷或不滿的情緒時，他就沒辦法接受了，躲得遠遠的，好久都不來找我。可我實在太愛他了，為了避免被他拒絕，我開始隱藏自己的想法和感受，只表現出他喜歡的那種正面的模樣，對他百般順從，不斷取悅他。感情勉強維持下去了，可我卻愈來愈不快樂。」語畢，可凡沉默許久，陷入沉思。

聽完她的陳述，我有些心疼：「他似乎比較關注自己，只是利用妳來滿足自我需求罷了，沒有尊重妳的感受和想法。」

可凡點頭，提到K常常自言自語地說：「這世上大概找不到比我更會照顧自己的人了。」

可凡分析K確實喜歡她，但內心卻極為恐懼親密連結，不願付出太多時間陪伴她；想要找個能說話的伴侶，卻又常常覺得麻煩，懶得花時間經營。對於關係充滿矛盾的K，有伴的時候想要單身，單身的時候又想找個伴。他每次都以為自己找到真愛，但過了一段時間之後，卻又發現對方跟自己所想像的差距甚遠。

K不確定自己到底要的究竟是什麼，大概是所訂的標準太高，很難有人能夠達到的緣故吧？但始終維持表面的完美，卻無法深入地認識、接受自己每個面向的他，自然也難以完整地愛著對方。他既逃避又依戀可凡，不斷挑剔對方種種看不順眼之處，好為自己的困惑尋找藉口。

交往一年之後，每當可凡壓抑著不滿的情緒抱怨：「我很想你，我們已經很久沒見面了。」K感受到被需要的壓力，無法承擔的他下意識想推開對方，就會很不高興地回道：「妳難道不知我最近工作很忙嗎？上個禮拜不是見過面了？一直約會讓我很累，如果工作沒進度，我會覺得自己是個廢物。」「妳這樣太黏了，我不喜歡被依賴。」

可凡聽了，便認為一定是自己不夠好，沒有上進心，於是拚了命地投入工作，才華洋溢的她，兩年內便升遷到主管的職位。

然而到了假日，好不容易跟K見了面，他卻仍舊嫌東嫌西，不時冷嘲熱諷：「妳最大的缺點就是聽不懂我在講什麼。」

「你可以舉例說明一下，我究竟聽不懂什麼嗎？」可凡洩氣地問。

「幾乎每一句都聽不懂，雞同鴨講，解釋也沒用。」K沒好氣地說。

她曾經十分困惑，為何總是無法跟K進行雙向溝通，但後來她發現這是因為K總是唯我獨尊，認為自己的見解就是唯一的標準答案。在他的世界裡非黑即白，不是對就是錯，沒有中間灰色地帶。

自戀的K只關心自己的意見是否被接納，卻絲毫無法包容他人的見解，也不太能夠設身處地為人著想，因此雙方難以培養真正的親密連結。

他就像是白雪公主的繼母，時常對著魔鏡問道：「魔鏡魔鏡，誰是世界上最美麗的女人？」魔鏡永遠只有一個答案，也反映了她心中唯一的答案：「皇后，您就是世上最美的女人。」

然而可凡做為K的鏡子，卻經常傻呼呼地回答：「您很美麗，但每個人都有自己美麗的地方，無從比較。」她並不是一面天生的好鏡子，鏡子從來都不該有自己的意見，必須無條件地反映對方想看到的一切，並給予讚美，否則就淪為瑕疵品了。

當她無法真心地贊同他，並試圖提出其他想法時，K就會流露鄙夷的神情，訕訕地說：「不是這樣，妳層次太低了，跟妳解釋也沒用，我們在說完全不同的事，妳聽不懂的。」

每當可凡對冷冰冰的K感到失望，想要遠離之時，K卻又會忽然對她百依百順，用盡各種方法滿足她，將她捧在手掌心百般呵護，說服她繼續留在身邊。

他知道可凡最大的弱點就是深愛他，她渴望著他的愛，因此能夠利用這點來操弄她。

幾年之後，可凡在對方長期的批評與貶損之下，竟開始懷疑自己真的很笨、不夠聰明，不然為何總是得不到K的衷心認可呢？她變得愈來愈自卑，也愈離不開對方，為了博得K對她的愛，她不再表達意見，甚至告訴自己：「他的想法比較好，按照他說的來做，就不會吵架了，我配合一下就行。」

一年又一年過去了，可凡變得愈來愈不快樂，失去自我的她終日鬱鬱寡歡，而K依然若即若離、忽冷忽熱，恣意奪取她所有的愛與關心。而當K不需要可凡，或當可凡需要關懷時，便逃得遠遠的，依舊畏懼也無法敞開心胸與對方展開真實的情感交流。

「前幾年急性盲腸炎開刀，K竟然失蹤了，完全沒到醫院看我，一直到我出院才回覆說手機弄丟了，沒看到訊息。」可凡無奈地說。

兩人分分合合，直到可凡耗盡了所有的能量，而K也終於膩了，想跟她分手。

雙方在最初相識的咖啡館坐下來，各自點了餐，面對面安靜進食，直到可凡飯後端起水杯，K才用低沉的聲音說：「這些年妳一直都沒有成長，總是心情很差，無法獨立，不斷想要依賴我，讓我愈來愈不想見到妳。」

可凡終於被敲醒了，木然望著K熟悉而陌生的臉龐，一瞬之間天旋地轉，搞不清楚他究竟是誰，這幾年來到底跟這個人做了些什麼。

「我實在不想繼續這個惡性循環了，我們分手吧！」K面無表情地說，像是伸手把黏在鞋底的一塊沾滿汙垢的口香糖拔掉一般。

可凡沒有回話，只是絕望地看著K半晌，嘆了一口氣，忍住滿腔的淚水，抓起提包，一句話也沒說，到櫃檯結好帳，便頭也不回地走了。

失去K的可凡，像是剛被放出籠子的小鳥，不知該飛向何方，也不知該如何活下去。她流著淚，徘徊在昔日生滿鐵鏽的籠邊。雖已重獲自由，內心卻渴望再一次被關進籠裡，因為籠子很安全、很熟悉，即使痛苦萬分，但至少偶爾K會前來，倒些水、放些飼料，施予甘霖般地豢養著她。

分手之後，她一再重回籠中，假裝一切都沒變，然而K早已離去，這籠子再也不會有人上鎖，即使一直待在裡面，也再沒人會來關心她了。

她獨自徬徨地蹲坐籠中，直到踏上瑜伽墊，窺見破繭而出的可能。

＊＊＊

練習將近一年後，可凡的氣色變好了，身體也愈來愈柔軟，還不時在臉書發表文章。有次她寫道：「常常在墊子上找到許多未曾發覺的面向，如此豐富。練習時，我是充滿信心的、勇敢、柔軟、有彈性的，同時也是脆弱、悲傷、恐懼、憤怒、固執、焦慮的，但這些都是我，我正在學習如實而真誠地感受一切，並接受別人也擁有跟我相同的一切。雖然窺見自己的黑暗面時，仍然混亂，但這卻能引導我向內探索，進而更認識自己。」

她在課堂上最大的進步，就是愈來愈能敞開心胸嘗試不同的事物。某回我們練習靠牆頭倒立，她在課後與我分享：「原來我是個容易恐懼的人，其實我應該上得去，但我不敢，也不夠相信自己，因此無法完成動作。」她的話語中透露對自己全然的理解，以及深深的無奈。

我跟她分享自己也曾對倒立避之唯恐不及，後來才慢慢學會的過程：「身而為人，在某個程度上都有相同的恐懼，同時也擁有克服恐懼的力量。當我們待在黑暗的房間裡，看見老虎的影子，想要尖叫逃走的時候，別忘了仔細確認一下，說不定那只是一隻小老鼠。」這是我從前在面對未知恐懼時，老師所給予的鼓勵。

她若有所思地點點頭：「是啊，去年還跟前男友在一起的時候，常常都不知道自己到底在怕什麼，像一個溺水的人一樣拚命亂抓，超怕他一生氣就離開我了。直到真的分手了，才發現沒有他，我也能活得很好，甚至更好。我只要放鬆就好，什麼都不必做，就能浮在水面上，一點都不可怕。」

「要相信妳放手之後，依然會被支撐著。妳真的進步好多啊！」我不禁由衷讚嘆。

「是啊，剛開始練瑜伽的時候，我連手腳在哪裡，左右上下都分不清楚呢！」她歪著頭想起第一堂課的自己。

「那現在呢？」我好奇她對自己的看法。

「還是分不太清楚東西南北，方向感依然很差！」她噗哧一笑。「不過當我找回自己的身體，就能慢慢靠近支離破碎的心。當能專注在呼吸上，就可以感受自己真實的心意，慢慢平靜下來，不再像隻沒有頭的雞一樣到處亂竄了。」她認真地說完，我們都笑了出來。

「雖然心裡的傷還沒全好，不想再交男朋友，不過我開始喜歡自己現在的樣子了。」她一邊說，一邊流露自信的笑容。

我不禁回想起昔日她臉書上的那張悲愴之眼的圖片，而今她的眼裡，滿是喜悅之光。

＊＊＊

約莫又過了半年，來到炎熱的仲夏，有位男學員亦恩，出現在我的課堂上，自述已有兩年的練習經驗了。他的背部雖仍有些僵硬，卻能在流動間體現柔軟。望著亦恩專心地沉浸在呼吸與停留之間，並留意我所提醒的每一個細節，感受到他是個謹慎專注、一板一眼的人。

下課後，可凡拉著亦恩來到我面前，興奮地說：「老師，我們是從畢業到現在都沒見過面的高中同學耶！十幾年不見了！」

「實在太巧了，那你們可要好好敘敘舊，以後上課也有個伴了。」我拍拍可凡肩頭，同時望了亦恩一眼，感覺人與人之間的緣分真是妙不可言。

接下來他們每週都一起進教室上課，因為一人住公館，另一人住新店，下課後總是結伴搭捷運。昔日的高中同窗成為瑜伽班同學，常在教室見他們黏在一起、有說有笑，感情好得不得了。除非學員自己提起，不然我從不主動過問他們的私事。但望著他們愈趨親密的互動，我已然心裡有數。

當我感覺到他們已經在交往的那陣子，可凡忽然出現在平日下午的瑜伽班。課後她說，和公司請個假出來走一走、透透氣，也因幾個月來總是跟亦恩一起上課，下課一塊兒回家，已有好一段時間沒跟我單獨聊天了。

「老師，亦恩跟我告白了，我不知道該不該答應他。」可凡垂著頭，很苦惱地說。

「他看起來是個老實上進的男生，妳如果也喜歡他，有何不可呢？」我鼓勵可凡。

她悠悠嘆了口氣：「但我害怕會跟上一段感情一樣，付出了一切，卻受了很重的傷。我對自己很沒信心，不知是否要再試一次。」

我也曾經歷多場戀愛，從一個人到兩個人在一起，愛情的每個階段都有不同的禮物與挑戰，而每位戀人也會帶來不同的課題，即使沒法走到終點，攜手白頭，但回憶起來，苦澀中卻仍帶點甜蜜。或許從中學會不同的課題，就是那一段段戀情的意義。分手雖然很難過，但當下哭一哭、叫一叫，幾年後再回顧，也是很珍貴的體驗。

我望著若有所思的她：「我知道妳的前男友真的讓妳很受傷，但何不給自己一個機會，再次投入，去看看自己擔心的究竟是什麼，然後試著解決？還有啊，妳在瑜伽練習中有這麼多體會，何不利用這個機會看看自己有沒有進步呢？」

可凡若有所思地點點頭：「好吧，我再考慮看看。」

雖然她的心意仍在擺盪，但望見她穩定輕快的步伐，我想她早已做好決定，準備迎接下一段感情了。

＊＊＊

幾個禮拜後，我剛下捷運，便巧遇可凡跟亦恩手牽手走出車站，但低調不願張揚的可凡，一進教室便鬆開亦恩的手，走在對方前面，並回頭朝我燦爛一笑。

他們仍舊緊挨著彼此練習，陷入熱戀的可凡笑容變多了，每當亦恩跨錯了腳、舉錯了手，她總會瞇起月牙般地雙眼，輕聲發笑，逗得亦恩朝她頻頻皺眉。偶爾當彼此的手腳無意間相撞，兩人就會像孩子般擠眉弄眼，再補上一掌，或再多踢一腳，玩得不亦樂乎。

下課後，亦恩總會展現體貼的紳士風範，為她收拾瑜伽磚、瑜伽枕等輔具，並在大廳靜候可凡換好衣服，再一起結伴返家。

從此，瑜伽教室成為他們下班後的約會場地，兩人的練習頻率都增加了，從每週一次慢慢增加為三次。

某次亦恩沒有來上課，只有可凡出席，下課後我開玩笑地問她：「等等要去約會嗎？」可凡露出甜美的笑靨，愉快地回答：「他今天加班，等一下在樓下接我，再一起去吃牛排。」原來他們一起做完瑜伽後，總會一塊兒享用晚餐。

「有個人好好愛妳，真好。」想起可凡這一年的經歷，終於又遇見幸福，實在為她開心。

與人結伴練習瑜伽一直都是我從未有過的經驗，從剛開始練習至今，幾乎都是孤身一人進教室，而後成為老師也是獨自在家練習，少有同練的友伴。然而，每當見到攜手前來的母女、夫妻、情侶、朋友一同進出教室，上課前笑吟吟地聊天，課後討論今天表現如何，我彷彿能感受到他們透過瑜伽培養共同的興趣，也將彼此的心緊緊相繫——毋須倚靠、緊擁對方，或用語言文字來表達情意，只消在墊上一起呼吸，偶爾投以一個關懷的眼神，便能靜默地傳遞深刻的愛。

每張瑜伽墊都是一個小宇宙，當我們在練習時，試圖透過呼吸與意念的集中，與廣闊無際的大宇宙相連；戀人們則是打破了自己的疆界，透過溫暖的愛，跟身邊另一個美麗的小宇宙結合，彼此合而為一。

雖然看似仍在自己的墊上埋頭努力，卻也同時在呼吸間看顧、陪伴對方，保持緊密無邊的聯繫。每當見到親密友伴認真練習的模樣，總會讓人感到幸福洋溢。

＊＊＊

半年之後，可凡照常練習，亦恩卻缺席了好幾堂課。「他實在太忙了，我們大概有兩週沒見面了。」可凡說，自從上個月從韓國一起旅行回來後，亦恩對她忽然有些冷淡，不若從前每天噓寒問暖，處處關懷。

「你們吵架了嗎？」我望著神情落寞的她，小心翼翼地問。

「出國時有些小摩擦，可能每天不斷走路，太疲倦了。」可凡回答。

可凡提到在國外時，兩人衝突的原因經常是亦恩希望能按照既定的規畫走完行程，不過天馬行空的可凡卻不認為一定得依著表訂行程來走，累了就想找個咖啡店坐一個下午也行。此時亦恩就會感到焦慮，頻頻催促她：「天快黑了，我們得趕快出發，不然就來不及了。」「今天好像什麼都沒看到，後天就要回家了，妳不覺得這樣很浪費時間，太可惜了嗎？」

「妳比較有彈性，能夠接受變化，而亦恩則是個喜歡秩序和規畫的人，如果能好好協調，也許仍是彼此的好旅伴。」我一邊聆聽，一邊替她分析。

「但亦恩的情緒有感染力，最後也搞得我心情很差，一回旅館就生悶氣，不想跟他講話。旅行還要跟上班一樣趕來趕去，不累嗎？」可凡氣呼呼地說。

「換個角度來說，雖然他很固執，但畢竟是個可靠的人。當事情需要妥善計畫和執行的時候，就得靠他了！」我笑著說。

「是啊，不然完全沒有進度可言。」她頓了一下又說：「亦恩跟我前男友不同，每次意見不合，到後來多半還是退讓了，按照我的意思辦。他是很珍惜我的，也鼓勵我把心裡的話說出來，不要臭著臉悶在心裡。我想我也要學習多包容他。」我點點頭，肯定她的自我覺察。

＊＊＊

亦恩出差期間，可凡正經歷冷靜期中的內在沉澱，在一個人的瑜伽練習中，我彷彿見到她第一次來上課的身影，但此時此刻的她，已成功打開封閉的硬殼，願意在關係中看見自己真正的樣子。

「練了這麼久，我前彎還是做得很差，一點都沒進步。」可凡嘆了口氣。

「雖然我已經當老師了，但還是有許多動作做不到，或許這輩子都做不到了，但那又有什麼關係？還這麼多動作可以練習，而且妳不覺得就是因為做不到，所以才有趣，就像打電玩破關一樣好玩嗎？」

「雖然做不到，但練完後的大休息很舒服，很好睡，那也就值了。」可凡笑說。

「好睡絕對是練瑜伽的好處之一。」我接著說：「不過練到後來，我再也無法以追求做到某個體位法為目標了，因為瑜伽不是體操。《瑜伽經》（*Yoga Sutra*）告訴我們，練習的最終目的是為了達到『三摩地』，也就是解脫自在的心靈狀態，或許開悟者根本不會做那些厲害動作，體位法的功力也遠不如我們，但他們能真正自由地活在世上，無拘無束，沒有任何執著，這才是練習瑜伽真正的目的。」

我在課堂上很少長篇大論地分享經典的內容，但面對可凡，總是不由自主講出一長串，因為我相信她能聽得懂。

可凡思考了一下才說：「所以做這些瑜伽動作只是最初的過程，能幫助我一步步地邁向終點，但不是瑜伽的全部，是吧？」

「是啊，不過很多時候我們都忘記這是個過程了，以為瑜伽僅只是一種運動，或者單純用它療癒身心。因為效果太好了，所以在沿途就下車了，但卻忘了列車還沒到達終點。」我想起自己的練習歷程，也差點就留在一處處繁花盛開的小站佇足不前，幸虧有老師的提醒，這才繼續揹起行囊，深入旅程，期待有一天真能到達開悟的境地。

「那我真的不需要為了前彎做不好而煩憂，畢竟這只是旅途的某一站而已。」可凡如釋重負地說。

「該練習的還是要練習。當你在做動作時，實際上是透過身體來訓練心，清楚自己的方向，但不要有期待，放下這些，才是真正的進步。」我鼓勵她。

＊＊＊

這天她提早下班，上課前一小時就來到教室，恰好遇到躲在大廳一角啃咬三明治的我。於是我們並肩而坐，聊了起來。

「雖然我跟亦恩一直有聯絡，但見不到面，漸漸不像以前一樣熱絡了。我還是會胡思亂想，怕他不愛我了，心情就變得很差。」可凡有些沮喪地說。

「這是一定的，因為妳很在乎他啊。不過對方的心意是我們無法控制的，只能盡其所能地讓他感受到妳的關心，同時專心做好手邊的事，就像妳還是按時練習瑜伽，就非常好啊！」望著滿面愁容的可凡，我想這些話她應該已經聽膩了。

「跟前男友在一起的時候，也曾有這麼強烈的不安全感。這種感覺突然又出現了，讓我有點害怕。」可凡頂上籠罩著厚厚的烏雲，陰鬱地說。

「只要還有苦澀的記憶，就是尚未走出前一段感情。不管交往的對象是誰，尚未做完的功課都會在最適當的時刻出現，要妳繼續完成。那究竟是什麼？或許這次妳會看得更清楚。」語畢，我給她一個擁抱，並建議她可以先進教室躺一會兒，然後再靜坐一下，心情會平靜一些。

當我進教室時，瞥見可凡眼睛紅紅的，好像剛哭過，於是先帶領大家做鱷魚休息式（Makarasana）練習橫膈膜呼吸。

我告訴大家，瑜伽大師斯瓦米・拉瑪（Swami Rama）曾提到一般人的呼吸常有四個問題：短淺、不勻、有聲、停頓。這會造成心跳過快，也會導致情緒失調及身體不適，因此必須避免這些狀況，要讓呼吸成為一條細長穩定的河流才好。

可凡的呼吸剛開始有些抽搐，待數分鐘之後，才漸漸變得平順。結束調息的練習，進入體位法，舒緩深層的伸展足足持續了一個小時。

結束大休息之後，可凡抓著毛巾前來告訴我，呼吸平順之後，心中的不安驅散許多。雖然內心小劇場仍不斷演繹著各種橋段，但總算能冷靜下來，旁觀片刻了。

「這幾天我一直在想，我不安全感的源頭是在小時候，爸媽的事業正要起飛，工作非常忙碌，我總是待在外婆家等著他們來接我，常常兩個月才見一次面。我老是等不到爸媽的愛，因此常懷疑自己是不是不夠好，他們才把我丟給外婆，不要我了。」

可凡頓了一下，接著繼續說：「所以，我從小靠著用功讀書來證明自己是個有用的人，考試總拿第一，爸媽來看我時，就會買麥當勞給我。當我捧著整疊一百分的考卷給他們看，他們會摸摸我的頭說好棒，抱一抱我，然後就離開了。我在外婆家的房間裡，放著一整排快樂兒童餐附贈的玩具，當我想念爸媽時，就會把玩一下，說服自己，爸媽是愛我的。」

她想起跟歷任男友們相處時，經常違背自己的心意，努力表現得合乎對方期待，深恐不被男友喜愛。但無論怎麼做都無法安心，尤其是兩個人暫時分別時，總會覺得對方不夠在乎自己，永遠都不夠愛自己。

「要找到安全感就得擁抱內在的小孩，療癒兒時的傷痛。我們已經長大了，擁有足夠的力量去體諒爸媽當時的難處，以及理解那個小女孩的痛苦。他們沒能好好陪伴妳，是他們未完成的功課，將屬於他們的功課還給他們。那不是妳的錯，妳已經有能力好好照顧、陪伴自己走過孤單的時刻了。」愛自己真是不容易的事，我想起自己也曾走過這段荊棘之路，因而有感而發地說。

可凡點點頭，流下一行清淚：「剛剛練習時我感覺到，我已經擁有把自己從焦慮帶回平靜的能力了。情緒來來去去，但我能透過練習，一次又一次把自己找回來。」

在所有的學員都離開後，我準備關門，在微光中環顧空蕩蕩的教室，感謝這個空間帶給我們內外在如此深刻的療癒。

療癒仍舊持續進行，無論在教室內或教室外，在每一個全神貫注或者不經意的時刻，在生活的每處隙縫間尋找光亮，重新感受到愛。

＊＊＊

亦恩回國後重新加入瑜伽課的行列，有愛人陪伴練習，可凡恢復昔時的笑容。

過年前夕的瑜伽教室很冷清，天氣濕冷，學員不願出門，課堂常僅有小貓兩、三隻。這天，晚間的課堂只有亦恩和可凡出席，我笑著虧他們賺到了一堂私人課，暖身之後，我靈光一閃地問：「要不要來試試雙人瑜伽？」

他們互望了一眼，充滿興致地望向我，點頭如搗蒜，於是我們先從雙人樹式開始練習。

可凡是左撇子，亦恩是右撇子；一人右腿有力，另一人左腿有力，因此兩人單腿站立時，正好互相扶持。一手摟著彼此的腰，另一手高舉過頭，指尖相觸比了一顆愛心，在搖晃中尋找平衡，望著鏡中彼此滑稽的模樣，不禁哈哈大笑起來。

接著兩人嘗試雙人船式，亦恩的肌力強，可凡的柔軟度好，兩人手牽手，抵住彼此的腳掌，腹部一收，雙足一頂，雙腿便騰空舉起，在停留中發揮自我優勢，也體諒對方的短處。最重要的是無論成功或失敗，都是練習，不去怪罪對方，而是在每次的嘗試中，尋得更好的默契與連結。

「有些動作自己做比較簡單，兩個人做難度便增加了。不過兩個人都不擅長的動作，因為有了對方的幫助，要比平常更輕易達成。」亦恩發表感想。

「是啊，在互動中需要不斷感受對方的狀態，同時也要感受自己，因為每一刻的彼此都在變化，需要不斷觀察和調整。」第一次做雙人瑜伽的可凡雙眼發亮，顯得很有收穫。

當他們回到攤屍大休息的動作時，我熄了燈，望著兩人並肩而臥的身影，想起我的老師斯瓦米・瑞塔凡（Swami Ritavan）在課堂中說過一段感人的話：

所有修行的目地，都是在學習愛與被愛。

愛可以戰勝一切。愛的定義很多，但愛是呼吸的根源，是生命能量的來源，也是意識的起點。萬物都是愛的顯現。神愛這個世界，神與世界都是源於愛。

愛，是了解瑜伽最簡單的方式。瑜伽的字義是「連結」，要把兩個不同的東西連結在一起，需要透過的就是愛。

靜坐時，也要透過愛來經驗自己所有的人格。你的靜坐是因爲愛。你的生，在愛裡靜坐；你的死，也在愛裡靜坐。在轉換的過程中，我們會失去一些東西，但我們終將放下。

我們在呼吸的時候，經由吐氣而放下。但神身爲愛，祂即使擁有，也沒有擁有。神的天性是總是抽離，也總是放空。所以要記得，如果我們總是能夠放空、放下，緊接著就會被充滿、滋養。

「關係」一直是瑜伽練習的主軸，在生命中的每一刻都要學習如何跟自己、他人和平共處，以及與天地，或稱為神佛或上帝深刻交流。瑜伽教導我們要不斷平衡自我、人我、神我的關係，使一切順暢、無礙地流動。

透過無數的教學、練習，以及學員生命經驗的分享，我對老師的話語，好像又更能理解一些了。

在黑暗中闔上眼，進入靜坐的狀態，再一次沉入愛中與呼吸連結。

失戀者的練習處方

鱷魚休息式（Makarasana）有助於建立橫膈膜呼吸，緩解情緒的緊張。面朝下趴在瑜伽墊上，先將上半身用交叉的手臂墊高，雙腳打開，腳跟朝內，腳趾朝外，最後將額頭放在雙臂之上，闔上眼，把覺知帶到腹部的空間，慢慢調勻呼吸。

剛開始可能呼吸不穩、雜念紛飛，但請堅持將注意力放在呼吸上，讓念頭不斷流過。允許自己經驗混沌的過程，哭出來也無妨，在姿勢中維持一段時間後，你會愈來愈集中的。

在此同時也要覺察額頭、肩頸、腹部和雙腿的肌肉，鬆開全身的緊繃，找回對身體的控制感。

你可以做五分鐘、十分鐘，甚或更久的時間，直到平靜下來。結束後，請在趴姿躺一會兒，然後平躺曲腿抱膝，讓適才做鱷魚式處於後彎的背部放鬆一下，同時閉眼繼續調息，將呼吸帶入腹部的深處。

爸爸在他方

我除了教成人瑜伽之外，也教兒童與親子瑜伽，許多朋友知道後，總會很感興趣地問我：「小孩子練瑜伽，不覺得無聊嗎？」

「當然不會，他們常常玩到不想下課呢！」成人瑜伽必須正經八百地練習，小朋友的瑜伽課則是在玩樂中學習。透過精心設計的呼吸與體位法遊戲、利用故事情節結合身體動作，並加入各種團體與雙人瑜伽，同時也將呼吸法及靜坐融入課堂中，常常讓他們玩到樂不思蜀，順利達成練習的效果。

說到這兒，我想起一位熱愛瑜伽的男孩小乙，他是我在兒童瑜伽教學生涯中很想念的一位學生。

＊＊＊

小乙與他的媽媽采晴第一次來到位於三重的教室上課時，捷運坐錯路線，遲到了。「我們很少來三重，捷運站真是個大迷宮！」即使我笑著安慰她沒關係，她依然繃緊神經，一邊繼續責怪自己誤了時間，一邊替兒子脫外套、鞋襪、換衣褲，然後慌慌張張地拉了兩張瑜伽墊，歪歪斜斜地擺在教室角落，開始加入練習。

小乙今年四歲，是個身材乾癟瘦小，卻異常活躍的小男生，上課心不在焉，不斷扭來扭去，幾乎無法待在墊子上超過三分鐘。為了吸引他的注意力，我使盡渾身解數，他卻仍像遊魂般不時飄走，將櫃子裡的瑜伽磚全部搬出來，疊成城堡，再轟地一聲瞬間推倒，開心地手舞足蹈。

此舉引又引起采晴的高度緊張，不斷跟其他家長和孩子陪不是：「對不起，對不起，吵到大家了！」接著神色凝重地將小乙拖到門外，蹲下來直視兒子的眼睛，狠狠訓誡了一番。回到教室之後，小乙順從了一陣子，但十分鐘後又故態復萌，采晴於是再度出言責備。

下課後，我走出教室，見到采晴面露疲態，窩在大廳的沙發上滑手機，小乙則手捧一塊巧克力餅乾，坐在地上用平板看巧虎。

「老師對不起，剛剛吵到大家了，真的很抱歉……」采晴眼神渙散地望向我，顯得十分疲倦。

「不會的，孩子第一次上課，需要一段時間適應。」我在采晴身畔坐下，感受到她肩頭緊繃、呼吸急促。

「我兒子很聰明，但就是不聽話，懶惰又愛玩，所以我想讓他學瑜伽，看看能不能安靜一點，不然之後要上幼兒園了，怕沒辦法適應。」采晴表明報名親子瑜伽的原由。

「讓孩子練習瑜伽一段時間，會有幫助的，只是下次不妨試試看，多放一點注意力在自己身上。根據之前的經驗，爸媽必須先進入練習，孩子才會慢慢跟進，因為我們很難真正控制小孩，逼迫他們練習。」我委婉建議著。

采晴沉吟片刻，若有所思地點點頭：「好，我會試試。」

接著，我挨向坐在地上的小乙，與他並肩一起看了一會兒卡通。當我們一起為劇情發笑時，他抬起頭，向我解釋人物之間的關係，以及前幾集上演的內容。我們交談片刻，氣氛正逐漸熱絡起來，此時，采晴卻驀然打斷我們，說要回家準備晚餐了。小乙一聽，氣得嘟著嘴，趴在地上鬧彆扭大喊不要回家。采晴鐵著臉沉默著，絲毫不理小乙的抗議，硬是將衣物套在不斷掙扎、扭動的兒子身上，然後將他拉向門邊。

「下個禮拜見！」我摸摸小乙的頭，望著瘦小的他，揹著一個虎頭造型的玩偶背包，依依不捨地朝我揮揮手，步入電梯離去。

＊＊＊

有些家長會因無法控制孩子在課堂上吵鬧，讓他們覺得很沒面子，而不再來上課，因此我本以為他們不會再來了，但到了上課前一晚，卻接到采晴的訊息：「老師，小乙每天都說想去上瑜伽課，問我什麼時候才能再去。我們明天見。」

隔天，小乙是第一位報到的孩子，一進門就迅速衝向教室，在偌大的空間裡盡情奔跑。手提大包小包的采晴隨後入內，見到脫韁野馬般的小乙，一股沸騰的火氣立刻暴衝而上，怒目瞪視他，準備開罵。

我見了，趕緊上前安慰采晴：「教室還沒鋪墊子，讓孩子跑一跑，運動一下，沒關係的。」

采晴一邊脫外套，一邊盯著兒子說：「我也知道小乙可憐，台北的小孩幾乎都住在公寓，旺盛的精力無處發洩，像是關在鴿子籠裡，但也沒辦法，寸土寸金的台北市，空間就是這麼小。」語畢，兩手一攤，百般無奈地嘆了口氣。

「那有常帶他去公園跑一跑嗎？」我望著在教室一個人繞著圈子跑得氣喘吁吁的小乙。

「有啊，我還帶他去上過直排輪、體操、籃球、街舞、足球等等運動課程，想讓他消耗一下體力，但他都不喜歡，也沒辦法專心，上了幾次就嚷著說不要學了，想在家裡看電視。他很難安靜下來遵守規矩，老是破壞上課秩序，我在旁邊壓力也很大，很丟臉，因此常常上完一期就換另一種課程。」她靠在牆邊席地而坐，絞著手指，眼神不斷投向小乙。

在我看來，采晴容易因挫折而逃避困難，但換來換去的結果卻依然相同，家長輕易動搖的態度也會造成孩子沒有定性。因此我勸告她：「瑜伽需要一段時間才能看見成效，如果你們都喜歡，可以試著持續練習三個月以上，說不定會有不一樣的感受。」

采晴點頭表示願意試試看，接著欲言又止地說：「老師，去年醫生判定小乙有輕度的注意力不足過動症，也有在醫院上早療課程改善行為和情緒，但他的睡眠時間還是很短，也很難放鬆，這個症狀一直無法處理，我也不知該怎麼辦。」

接著她不斷訴說跟小乙的日常互動總是充滿煙硝火藥味，想盡辦法卻依然無法控制兒子，壓力非常大，每隔幾天就會大爆炸一次，都快要得憂鬱症了。采晴從小循規蹈矩、一板一眼，從不讓大人操心，卻生了一個跟自己氣質南轅北轍的孩子，實在不知怎麼教養他，挫折萬分，是故後來也開始失眠。每天早晨睜開眼睛時都會躺在床上想著，悲慘的一天又要開始了！

「老師，很謝謝妳願意接受我兒子，但我想他還是會繼續給您添麻煩的，對不起。」我聽了很是心酸，還來不及回答，采晴就迅速站起來，大聲呼喊小乙過來幫忙鋪瑜伽墊，而其他學員也陸續抵達，於是我們開始今天的課程。

課堂中的小乙依然十分活躍，開心地在墊子上跳來跳去，同時叛逆地抵抗媽媽的指揮。「我不要、我不要……」他大聲宣嚷自己的主權，而采晴顯然是有把我的話聽進去，努力克制自己不要太注意小乙，試著跟大家一起練習。但最後卻仍忍不住想管兒子，出聲糾正他、伸手幫他調整動作，好像只要他做錯了，就等於自己犯錯了一般。神經緊繃的她完全無法接受事情出錯，彷彿只要一錯了，天就會整個塌下來似的。

坐在小乙身旁的是一位六歲女孩Apple，她有頭烏黑俏麗的短髮、精緻的櫻桃小嘴，膚色白皙透亮，還有雙水靈靈的大眼睛，活脫是個精緻的洋娃娃。每當小乙吵鬧時，Apple總會眨著纖長的睫毛，露出好奇的表情，目不轉睛地望著他。

待我們開始做「好朋友瑜伽」時，Apple忽然指著小乙說：「我可以跟他一組嗎？」采晴噗哧而笑，將有些害羞扭捏的小乙推到Apple身邊，於是兩人手牽手一起做「蝴蝶與魚」、「愛之船」、「躺石頭曬太陽」等雙人動作，而且出乎意料地，所有的動作才試一次就成功做到了。

「Apple和小乙都做得很好喔！」受到讚揚的小乙露出滿足的表情，很乖順地跑回自己的位置，跟媽媽一起躺下大休息，雖然只安靜了兩分鐘，便又爬起來在教室四處遊蕩，但顯然進步許多了。

當采晴帶著小乙離去時，雖仍不斷對兒子嘮叨，嘴角卻帶著一抹淺淺的微笑。

我想，當一個母親見到孩子的進步，哪怕多麼微不足道，也都會感到滿滿甜蜜吧。在氣憤、焦慮、惶恐的情緒背後，隱藏的都是深刻的愛，只是往往淹沒在尖銳刻薄的話語之中，無從表達。

＊＊＊

爾後每次上課，小乙都指定要坐在Apple身邊，只要有Apple陪伴，小乙都表現得不錯，兩人下課後也時常一起追逐嬉鬧，儼然是對兩小無猜。

兩個月後，成員之間彼此熟悉了，Apple媽媽常會帶親手製作的動物小餅乾、奶酪、雞蛋布丁給大家當下午茶，孩子窩在一起吃點心、玩耍，大人則互相交流育兒情報。

當其他媽媽開心閒聊時，采晴也會坐在旁邊，不過她總是自顧自地滑著手機，鮮少開口參與討論，多半只有禮貌性地搭話幾句，微笑點頭而已。

瑜伽教室好似一處避風港，讓育兒的家長們在繁忙的生活中擁有喘息的機會，當課後小乙在一旁與其他孩子玩耍時，采晴便能稍微放空，暫時抽離十分鐘。坐在柔軟的沙發上，什麼也不做，對於家有一位活潑好動的四歲男孩的媽媽來說，實在是奢侈無比的享受啊！

休息過後，當她揹起包包準備離開時，又得再度繃緊神經，拉著小乙的小手，緊盯兒子的一舉一動，步步為營，恍若奔赴戰場。而這場仗每日持續二十四個小時，片刻不歇，充滿各式各樣的意外與挑戰。在決定生兒育女，加入媽媽軍團之後，這場仗從未有真正休息的一天。

＊＊＊

當小乙上課即將屆滿三個月時，某天他來到教室時擺著一張臭臉，我蹲下來直視他的眼睛：「小乙，你怎麼啦？」「媽媽忘了帶餅乾了。」小乙委屈得幾乎要流下淚來。

「剛剛午覺太晚睡，好不容易把他挖起來弄出門，搭電梯下樓時又說尿急，沒辦法，只好帶回家上廁所，然後就把那盒餅乾忘在家裡。那是昨天逛超市時他要我買的，說想跟Apple分享，但如果繞回家拿，一定會來不及上課。」采晴脫下鞋，很無奈地說。

「我要回家，不要上課。」小乙站在門邊，很倔強地說。

采晴聽聞臉色大變，低聲吼道：「劉小乙，你現在給我進來，聽到沒有！」

小乙突然小嘴一癟，淚流滿面，不斷跳針地叫喊著：「都是妳沒有給我帶餅乾，都是妳，都是妳……」

「你再哭、再哭給我試試看，回家給我去罰站，現在給我安靜，聽到沒……」采晴愈吼愈大聲，小乙也愈哭愈厲害，其他的學員見狀，很有默契地趕緊進了教室，並關上了門，留下他們母子與我在大廳繼續僵持。

我走到孩子身畔，蹲下來，輕輕握住他揮舞的小手：「小乙，我知道你很想把餅乾帶給小朋友吃，可是今天媽媽太忙了，忘了帶餅乾，現在也沒辦法回家拿。你先進來上課，下次再帶餅乾，好嗎？」

他一把眼淚、一把鼻涕地搔著頭，口裡含糊地繼續哭叫著「餅乾」這個關鍵字。

采晴既懊喪又厭倦地盯著小乙：「你現在到底要不要上課？不想上，我們回家！」媽媽抓住他的手，將他拉向門邊。

「不要，我不要……」小乙尖叫起來，歇斯底里地踢著地板，揮著小拳頭不斷掙扎，死命抵抗著媽媽將他往外拖的力道。

「那我不管你了，我要去上課了，你要不要進來隨你！」采晴的氣勢再度高漲，轉身丟下小乙，自顧自地走在前頭。「媽媽、媽媽……」小乙見到采晴進教室了，十分緊張，一面高聲呼喊，一面快步跟上，而我也走在後頭，關上了門。

這堂課對小乙和采晴皆十分煎熬，兩個人各自懷有負面情緒。上到一半，小乙又開始漫不經心，反覆將瑜伽墊捲起來又攤平，還躲在墊子底下不願意出來。采晴怒目對著他說：「老師講的話你沒在聽嗎？你馬上站起來，給我好好做！」小乙躺在地上沒有反應，完全無視采晴的命令。於是，滿腔怒火無處發洩的母親，衝上前去，狠狠拍了一下兒子的屁股，小乙痛得哇地一聲嚎啕大哭，躺在地上滾來滾去，完全失去控制。

此時的場面已嚴重干擾其他學員的上課情緒，一旁的Apple見了，有些害怕地拉著媽媽的衣角問：「媽媽，小乙怎麼了？」在我正在思忖該如何應對時，氣頭正盛的采晴一把將哭得聲嘶力竭的小乙拖出教室，頭也不回地離開了。

下課後，我接到采晴的訊息：「老師，不好意思，今天上課打擾大家了。小乙大概是昨晚沒睡飽在鬧情緒，我們先回去了。」我一邊回著沒關係，並傳送一張貓咪抱著愛心的貼圖來安慰她，一邊想著今天的場面讓我也差點招架不住，教小孩做瑜伽實在需要擁有一顆強大的心臟啊！

＊＊＊

接下來因為連假而停課兩週，再見到他們時，小乙很興奮地對我說：「老師，上禮拜放假，我們去江蘇看爸爸。爸爸帶我們出去玩，還買玩具給我耶！」他向我展示手中的變形金剛，還從背包掏出兩個戰鬥陀螺，以及一隻會發光的暴龍模型。

「爸爸很疼你喔。」我笑著接過他遞給我的玩具把玩一番，然後望向采晴：「原來小乙的爸爸在大陸啊？」

「是啊，他在那邊工作幾年了。」接著，話鋒一轉：「不過我們多年前就離婚了。」

跟采晴更熟稔後，她才告訴我，小乙出生一年後，老公就被外派到江蘇工作。幾個月後，采晴帶著一歲半的小乙搭飛機去探望他。體貼老公下班得晚，她抱著孩子，自己搭公車前往公寓旁的公園等候，手裡還提著一大盒他最愛的奶油酥餅，想給他一個驚喜。

「小乙，等一下就可以見到爸爸囉！」她一邊說，一邊疼惜地輕撫兒子紅通通的小臉蛋。

忽然，她望見老公的車子停在對街，正奇怪他為何這麼早下班，但接下來的一幕卻讓她永生難忘：一位身材姣好、年輕豔麗的小姐下了他老公的車，對著老公溫婉深情地揮手道別，還用手送出飛吻。采晴傻住了，抱著熟睡的兒子站在原地，猶如僵硬的雕像一般，從腳底涼到頭頂，全身無處不被凍結。

不知情的老公停好車，走到她身畔，輕摟住她的腰，驚訝地說：「怎麼提早來了，不是說好傍晚到車站接你們嗎？」

采晴面無表情、雙眼發直地望向老公，完全說不出話來，淚水在眼眶中打轉。先生接過孩子後，她直接轉身離去，但愣了幾秒，卻還是想把話說清楚，於是隨老公上樓進屋。

一進門，就瞥見鞋櫃角落放著一雙粉色拖鞋，衣帽架上披掛幾件西裝，底下卻露出紅絲巾的尾巴，顯然不是老公的物品。再走進廚房，老公從不下廚，水槽卻放著一雙瓷碗，兩雙筷子，三張油膩的盤子，瓦斯爐上還擺著半鍋羅宋湯——那是他一直以來都不知如何烹調，卻最愛喝的煲湯。

「幾個月後，我們就離婚了。我真的很愛他，從認識、交往到進入婚姻，短短七年，卻是非常深刻，而且……還有了小乙。」想到往日情景，她有些哽咽，愛憐地望著此刻正坐在一旁閱讀繪本的兒子。

離婚之後，小乙的監護權歸給采晴，她住在母親留給她的小公寓裡，開始經營網拍謀生，批了許多便宜的飾品及生活用品，一箱箱堆在客廳，賺取微薄的利潤來養活孩子。

即使跟伴侶分開了，她每半年仍帶著孩子到對岸探望前夫，因為采晴小時候是個沒有爸爸的孩子：「我爸在外面有一堆女人，很少回家，每次回來就只會跟我媽要錢、吵架，大概在我六歲上小學前，他們就離婚了，此後再也沒見過他。上小學之後，我常被同學嘲笑沒有爸爸，很痛苦，這讓我對自己很沒自信，所以我希望小乙能跟爸爸保持聯絡，他絕不是沒有爸爸的孩子。」采晴訴說自己的童年，跟小乙有著極大的相似之處，只是她正盡力彌補，不讓遺憾持續擴大。

「後來，妳前夫有再娶了嗎？」我小心翼翼地問。

采晴篤定地搖搖頭：「他後來換了幾個女朋友，但始終還是一個人。」

聊到一個段落，母子到洗手間更衣，其他同學也陸續到來。這堂課我們做了許多觸覺練習，其中一項是用彩色紗布巾替孩子按摩身體。小乙是個觸覺敏感的孩子，對於觸碰，他既愛又怕。當采晴拿著紗巾輕輕摩擦他的皮膚時，他不斷大笑、閃躲，但當媽媽住手不再按摩時，小乙卻又表示：「還要、還要。」笑得頻頻顫抖的他，很享受地攤在墊子上，任由媽媽擦著他的頭頸、背部、四肢。到了最後，才終於放鬆下來，閉上眼睛，不再掙扎。

采晴握著小乙白嫩的腳掌，輕柔而細心地按壓他的腳趾，動作忽然慢了下來，若有所思地露出淺笑。最後母子一起躺下，靜靜地調勻呼吸，進入大休息。

下課後采晴告訴我：「小乙還是嬰兒的時候，我也是這麼幫他按摩的，剛剛我突然想起，當時他小小的身體、睡著時甜甜的笑，抱在懷裡又香又軟，就像小天使一樣。」她流露慈愛的神情，雙眼閃閃發光。

「在家一個人帶孩子，壓力非常大，有時心情不好，也不知道跟誰說，不知不覺就對他太嚴格了，都忘了他只是個四歲的孩子。」采晴感嘆。

「如果有時間，妳也可以自己一個人來上成人瑜伽課，釋放一下壓力。」我想著如若她能先把自己照顧好，不再繃得這麼緊，或許母子關係會有很大的改善。

采晴聽了我的提議，瞬間眼睛一亮：「對耶，小乙幼兒園上半天班，早上有開成人課，我可以來享受一下。」

＊＊＊

幾天之後，采晴準時出席成人瑜伽課，身畔沒有孩子要顧，她終於能全然專注在自己身上。肩頸十分緊繃的她，剛開始很難好好呼吸，在動作中我總要將她從過度伸展的地方，帶回穩定舒適的位置，並輕觸她的肩頭，不斷提醒要再放鬆一些。

費了好一番工夫，進入大休息時，她的四肢才終於鬆懈下來，只是呼吸依然不太平順，我見到她闔上的雙眼仍然不斷轉動，可見腦中仍縈繞著無數的念頭。

「原來我這麼容易緊張，還真從沒發現過，我一直以為自己很放鬆。」上完課後，她好像發現了新大陸。

「許多人都透過練習慢慢認識自己，當你愈練愈久，就會更深入地看見緊張的原因究竟是什麼？或許是太過要求完美，無法接納不夠好的自己，或者害怕沒有進步，跟不上別人，或想讓一切都在掌控之中，於是拚命讓自己變得更好，才能感到安心、滿足。但這些作為卻讓我們遠離當下，無法接受自己，愈來愈不快樂。」我望著采晴在練習後氣色紅潤的面龐，以及閃動的雙眸，感受到蛻變正在發生。

「是啊，我想起我前夫，他喜歡爬山、健走，常常揹著大背包，天南地北到處跑，在旅途中為了減輕重量，常得捨棄背包裡的東西，有時是一件衣服，或一組杯具，如此肩頭便能輕鬆些，能走更遠的路。他說，包包裡總有更多東西能夠捨下，剛剛我想到真正要捨的或許並不是物品，而是心中的執著，那才是真正最該捨去的吧？」

采晴述說時，我注意到她原本聳起的肩膀真是放鬆不少。

我點頭回應：「我們往往很難意識到自己真正需要捨棄的，即使知道了，也還是捨不下，所以需要練習，才能更誠實地面對自己。」

難得能自己一人悠哉地來上課，我為她泡了一杯咖啡，讓她在窗邊的沙發上獨處片刻。

或許采晴來上瑜伽課，就是為了這段放空的時間吧，對於一個從醒時到入睡皆要顧著孩子的單親媽媽而言，真的好重要。遠遠瞧著她單薄而堅強的身影，從十一樓的窗口望著車水馬龍的街景發呆。她究竟看到了什麼？會是一條狹窄的甬道盡頭所透出的微光嗎？

約莫有一年的時間，采晴每週自己練習兩次，也持續帶著小乙來上親子瑜伽。某次我問她喜歡自己來上課，還是跟兒子一起呢？她回答：「當然是自己來啊，因為大休息時可以睡一下，不用管小孩。」語畢我們一起大笑出聲。

她嘆了一口氣繼續說：「不過，帶孩子一起上課是一種修行，如果我哪天也能在親子瑜伽課的大休息睡著了，不是小乙進步了，而是我進步了，終於放鬆了。」

課堂上的小乙依舊活潑、愛搗蛋，既依賴又想要獨立，采晴也慢慢覺察親子相處的盲點，於是不斷放手給予彼此更多空間；譬如當小乙堅持不做動作時，她能放下對兒子的控制，獨自沉浸在練習之中，就像一個人上成人課一般自在。

當小乙不願上課，或者生悶氣想離開現場時，她會溫和而堅定地回應：「現在是上課時間，你不想做沒關係，在旁邊休息一下，可是媽媽想上課，你不能吵我，我尊重你，你也要尊重我。」

第一次采晴這麼對小乙說話時，我有些驚訝，因為以往都會上演那場老掉牙的親子拉鋸戰，她居然能做出截然不同的選擇，改為與兒子理性溝通。

采晴的反應讓小乙愣了一下，瞪著正專心做瑜伽的母親，不再吵鬧。杵在一旁觀察一會兒，媽媽依然無動於衷，覺得無趣的小乙，於是自己回到墊子上，繼續跟大家一起練習。

＊＊＊

剛開始跟小乙相處時，若是觸碰到他的身體，他總會尖叫跳開，敏感的他只願意跟Apple和媽媽一起做雙人瑜伽。

「老師碰到你，你會覺得不舒服嗎？」我問小乙，他望著我點點頭。

「除非你說可以，不然沒人能夠碰你。如果老師不小心碰到你，讓你覺得不舒服，請你一定要告訴我，我會跟你說對不起。只要你沒有說可以，我就不可以碰你。」我很溫和地告訴他，一遍又一遍，讓他感覺安心，知道在真正準備好之前，不用勉強自己做不喜歡的事。

過了一年後，他終於有突破性的進步。那次上課要玩一個用手傳遞訊號的靜心遊戲：大家圍成一圈手牽手，閉上眼睛，感受到右手被隔壁鄰居輕捏一下之後，就要立刻用左手捏一下另一側的鄰居，最後訊號會傳回第一個發送訊號的人身上，然後再繼續一圈又一圈地傳訊下去。

「小乙，你想跟大家一起牽手嗎？」小乙搖搖頭：「現在不想。」

「那你先坐在我旁邊，等到想要牽手一起玩再跟我說，好嗎？」我微笑告訴他。

待大家玩過兩輪，小乙小手輕搖我的手臂，露出笑容說：「我現在可以牽手了。」

那真是個美麗的時刻，全班的手掌溫暖地扣在一起，在遊戲中不僅連結了身體，心也緊密相連在一起。每個人都打開心房，讓情感無礙地在圓圈中充滿默契地傳遞。

在此之後，小乙開始願意嘗試與不同的孩子相處，當好友Apple請假未到時，他也能跟其他同學一起做雙人瑜伽，停留時的專注與持續力也增加不少。

打從跨出獨自去上瑜伽課的第一步，喜愛藝術的caption采晴也嘗試了縫紉課、油畫課、紙黏土課，後來還涉獵了手工皂，在家製皂上網拍賣，不但能打發時間，還可貼補家用。

她時常拿最新開發的皂款給我試用，與我討論如何調整配方。最驚喜的還是在我生日當天，她親手做了一塊粉色猴子造型香皂送給綽號「猴子老師」的我，說是可以陪我一起做瑜伽。每當談起自己喜歡的事，她總是神采飛揚，像個意氣風發的二十歲少女，在腦中鋪排一連串有趣的計畫，完全忘記身邊有個稚齡的兒子。

記得大概是認識她三年後的夏天，采晴告訴我，想帶小乙到江蘇長住：「我前夫說，尋尋覓覓這麼多年，他終於發現，我才是最適合他的伴侶。經過幾個月的深談，決定再給彼此一次機會。」

采晴的前夫說，他不斷地放下、再放下，但最後才領悟到，每當肩頭感到沉重的壓力想要逃避，就會以放下做為藉口，看似清高灑脫，但卻只是掩飾自己從來都不敢承擔、付出、勇敢去愛。

采晴轉述前夫的深情之言，一字一句都記得好清楚：「我從未勇於提起，又何能談論放下呢？這麼多年來，我都在尋找心目中的完美伴侶，但卻怎麼樣都找不到，她們都讓我失望了，我也對自己失望透了。後來我才明瞭，這些幻想與期待才是我真正應該放下的，如此才能真正去認識、去愛一個人。妳帶著小乙來，我們重新一起生活，好嗎？」

「我想，是該放下昔日婚變的恐懼，再次面對彼此的時刻了。這一次，我不僅會好好愛他、愛小乙，我也會好好愛自己。」采晴的眼裡閃著喜悅之光，平靜而堅定地宣示著。

在我們的最後一堂瑜伽課，采晴提著一袋手工皂與我道別。此刻的她，已經做好充分的準備，擁有面對未知的勇氣，真正地踏出瑜伽墊，實踐她的練習，繼續未知的人生旅程。

半年後，我收到采晴的訊息，她告訴我在對岸一切都好，還傳給我一張全家福相片，照片中的她再度披上婚紗，先生穿著正式的西裝，小乙扮成花童。仔細一看，她小腹微凸，原來又懷孕了。

我沒有問她是否還繼續練習瑜伽，因為她已是最好的瑜伽練習者，雖然不能把腳掛到頭上，但透過關係淬鍊心靈，逐步成長。小乙的爸爸也終於不存在於他方，愛的連結近在咫尺，守護彼此。

增進親子情感的練習處方

靜心不一定要端坐不動，尤其對幼兒或兒童來說，陪伴他們做一些瑜伽姿勢也能達成很好的效果，或是做為靜坐的預備練習。

邀請你的孩子一起來到軟墊上，或者在床上進行也可以。

讓孩子先做嬰兒式（Balasana），即膝蓋彎曲，臀部坐在腳跟上，腹部貼大腿，額頭觸地，面部朝下，雙手往前伸直。

鼓勵孩子閉上眼睛，先替他按摩肩膀、手臂，並用適當的力道輕拍背脊，從上背部到薦椎周圍都不要錯過。結束後，大人也呈嬰兒式，像趴趴熊一樣把孩子的身體包裹起來。在你的懷中，他能重溫回到子宮般地舒適溫暖，接著兩人一起呼吸，靜默片刻，這就是專屬於親子的靜心時刻。

讓這個練習成為你們的睡前儀式，無論白天發生任何衝突，上床前都一定要和好如初，並在擁抱中釋放生活中的煩悶壓力，感受那份雙向、無條件的支持，帶著對彼此的愛進入睡眠。

瑜伽美魔女

我曾在幾間台北的複合式健身房任教。不同於專業的瑜伽會館僅有瑜伽課，健身會館還排有飛輪、有氧、熱舞、彈跳床等等體適能課程，並附有各式健身器材，還有額外付費的游泳池、三溫暖、SPA等服務。琳瑯滿目的選項，讓有閒的會員能「泡館」一整天。

對於許多退休族群來說，瑜伽會館和健身房就是城市裡的公園，每日按表操課也帶給他們心靈上的寄託和安全感，從中獲得自信。不但能結伴運動，還可與朋友社交聊天，建立樂齡人際網路。

不過，健身會館的會員大多是把瑜伽當作伸展運動，在心靈上的涉獵較淺；不同於瑜伽教室的學員，除了練習體位法之外，比較能接受瑜伽不同的面向，譬如靜心冥想、調息法、瑜伽哲學等等。因此我剛帶健身會館的學員時，因對練習的想法不同，常要經歷一陣子的磨合期。

「老師，可以不要在課前、課後唱誦OM嗎？或是唱一聲就好了，不要三聲，這樣太久了。」當我首次帶領這間健身房的課程時，一位燙著及肩捲髮，穿著鑲有亮片的瑜伽服，看起來年約六十的學員，在下課離去前，走到台前向我反映。

「是嗎？那妳知道OM是什麼意思嗎？」她搖搖頭，於是我跟她解釋，OM是由AUM三個音節所組成，擁有諸多哲學上的意涵。其中一種意義是A代表著「創造」，U代表「保存、運行」，M代表「破壞、毀滅」，而最後的無聲代表的則是「絕對的寂靜」。

「喔，原來是這樣啊！」原本揹著瑜伽墊站在門邊的她，驀然坐了下來。我接著繼續說：「姑且不論OM的意涵，妳不覺得唱誦完之後，心裡平靜許多嗎？這個聲音可以幫助我們安靜下來。」

她眼神閃爍，有些不自在地回道：「不知道耶，下次再感覺看看。」

幫他們上過幾堂課之後，這位學員在課前又向我反映：「老師，我們大家討論過了，想跟妳說，大家都已經練習很多年了，可以教一些高難度的動作嗎？還有拜日式太無聊了，可以少做幾次嗎？」

「好，我知道了，我們準備上課吧。」我笑望著她，指示大家就位，隨即開始練習。我依然紮實穩定地指導學員每一處細節，並給予充分的停留時間，也替那位學員做些細部調整。

當我觸碰對方身體時，感覺她雖然訓練有素，肌力與柔軟度兼具，但總是過度用力，以至於繃緊全身，呼吸急促。當我替她輕輕翻轉些許角度，或是抬起幾公分，不要那麼深入，她就能立即領會到我的用意，展現截然不同的狀態，呼吸也順暢多了，可說是個敏銳又有悟性的學員。

下課後她露出滿意的神情告訴我：「我以前都不知道原來自己做得不到位，所以才愈來愈沒感覺。今天沒做高難度的動作，但伸展得好舒服喔，好神奇！」

「最簡單的練習往往是最困難的，重口味的練習雖然讓人很有感覺，但卻不是瑜伽所要追求的。妳要開發的是更深刻的覺察力，這樣不管做什麼練習，即使是已經熟爛的拜日式，每次也都會有不同的體會，不斷保持專注和覺知，這才是真正的進步。」

我訴說著她可能從所未聞的練習理念，她頗有所感地點點頭，眼神柔和地望向我。那一刻，我們認同了彼此。這位年長的學員就是葉子，從健身會館十五年前開幕起，就是這兒的第一批創始會員。

葉子學習瑜伽的年資比我還要長，家住距離會館走路十分鐘的地方。她退休五年了，因為住得近，每天早上七點，她都跟麗美、素媛、秀慧等一干好友約在會館門口，等著鐵門拉開，準時出席第一堂七點半的晨間有氧課。

年紀相仿的會員每天一起運動，培養出相當深厚的感情，對於彼此的行蹤和出遊計畫也瞭若指掌，猶如家人般親密無比。

她們平日清晨起床用餐後，先上市場買個菜，再到會館連續上兩堂分別是七點半和九點半的課，待十點半下課後，沖個澡，換套衣服再回家烹煮中餐，打個盹兒，下午再來會館上一、兩堂課。結束後，跟好姊妹們一起享用三溫暖，或是大家一塊兒泡個澡、聊聊天，待四點半再「放學」回家煮晚餐，相約明日再見面。

週一至週五大都按此規律作息，而週六、日則屬於家庭時間。因此平日晚上和週末時段通常看不到她們，來的幾乎是朝九晚五的上班族，上課族群有顯著的不同。

葉子雖已年逾六十，身材依舊纖細勻稱、面容姣好，總是面帶笑容跟認識的人熱情打招呼。

某次我好奇地問葉子，每週都上幾堂課？她沉思片刻，回答我：「每天四堂課的話，一週五天，大概十五至二十堂吧！」

這個數字有點驚人，我不禁追問：「每週花二十個小時運動，不會累嗎？」

葉子露出無奈的微笑，搖搖頭：「幾乎感覺不到累，反而在家不動會很累，渾身不對勁。我好像有點上癮了，跟吸毒一樣，只是吸的是運動的毒。」

「除了運動，平常還會做些什麼呢？」我問。

葉子深深嘆口氣，看起來很是頹喪：「我不喜歡待在家裡，很無聊，不知道要做什麼，閒得發慌。退休之後人生沒什麼目標，只好運動，至少有事可做。」

＊＊＊

葉子在人前總是光鮮亮麗，喜歡跳出來扮演領導者的角色，但每當我要離開時，她總會請我不要關燈，說是想再自我練習一會兒。

我望著已連續上兩堂課，面露疲態的她說：「不早點回去休息嗎？」

「時間還早，回家也不知要幹嘛。留在這邊拉拉筋，消磨一下時間吧。」葉子起身把大部分的燈熄掉，只留頂上那盞小燈。

我點點頭，收拾手邊的物品，離開前見她在空無一人的教室，獨自進入頭倒立式（Salamba Sirsasana）。葉子的身體顯然已經累了，在微弱的燈光中搖搖欲墜，卻仍勉強在姿勢中停留。

那是我第一次感受到能言善道、八面玲瓏的她，內心是好強而寂寞的。

＊＊＊

某次，葉子帶著一位年約三十的男生來上課，她向我介紹：「這是我兒子，小山。」小山個頭不高，理著平頭，戴副圓框眼鏡，四肢纖瘦，還有些駝背。他的肢體不太協調，腿部尤其無力，才做了幾個站姿動作就狂抖不已、氣喘吁吁、臉色慘白，於是練到一半我便請他坐下歇息。

葉子在課堂中跟小山的互動不多，當下課後葉子跟我閒聊幾句，小山則安靜站在一旁，不發一語，始終與我沒有眼神接觸。

下回上課時，小山沒有跟著來。葉子告訴我，兒子大學畢業之後，只有短暫在學校做過一年的約聘行政人員，每天都抱怨工作太累，還遭人霸凌，於是索性辭職，接著就再也不願意踏出家門，拒絕找新工作。

「我朋友很多，也為他介紹過好幾個差事，但他都不去，整天窩在家裡打電動。這十年來，我已經罵到不想再罵了，想想他不要偷拐搶騙就好了，就由著他吧。」葉子很無奈地說。

「他大學念什麼科系？」我問。

「他從小就喜歡畫畫，但我跟他說，畫畫不能當飯吃，會餓死，不讓他讀美術系，要他去念資訊工程。但他大學成績一塌糊塗，差點被二一退學，念了七年才勉強畢業。」葉子一邊訴說，一邊嘆息。

「或許他真的沒有興趣吧。不過整天待在家，有機會來練一練瑜伽，或許也不錯。」我安慰葉子。

後來葉子陸續與我聊到，小山從小便沉默寡言，不擅交際，唯一喜歡做的事就是畫畫。他喜歡繪出各式各樣的房子，出門散步時，年幼的他總會站在路邊凝望不同的建築出神，回家後用積木蓋出別墅大廈，或是紅磚平房，然後一棟又一棟地畫在紙上。

幼兒園時期的小山很少開口說話，對人不理不睬，常避免與人眼神接觸。他容易受到驚嚇，突如其來或高分貝的聲響常讓他縮成一團，也不喜歡跟其他孩子一起玩耍，因為很堅持自己遊戲的方式，如若規則被破壞就會大哭大叫。當他感到焦慮不安時，只有繪畫能讓他的情緒平穩下來，因此葉子的包包中總是放著畫冊跟畫筆，讓小山隨時都有筆可畫。

升上了國小之後，因為不擅社交，以及與眾不同的陰柔氣質，讓他常受到同學欺侮，只有一位同學川洋願意跟他打交道，他也是班上遭受排擠的一員。導師安排他們二人坐在一起，於是兩人逐漸成為好友，在面對同學的惡意時相互取暖。

小山跟川洋有著雷同的性格，只是川洋喜歡的是音樂，小山則是房子。當他們兩人交談時，總是各說各的，小山不斷訴說著建築時，川洋會不發一語地傾聽；而當川洋聊起喜愛的音樂和樂器時，小山也會靜默無語地聽著。他們彷彿只需要訴說，不需要任何的回應和交流，猶如各自走在兩條平行線上的人，隔著鴻溝陪伴彼此，如此貼近卻又遙遠。

到了四年級時，小山遇到一位美術老師，非常賞識他的繪畫才能，常常誇獎他天賦異稟，還鼓勵他參加比賽和畫展。在校內外不斷獲獎的小山，某次站在司令台前接受校長的表揚，但回到教室後，只不過去上個廁所，放在抽屜的獎牌就不見了，他怎麼找都找不到，急得不得了。

後來，川洋幫他在垃圾桶裡尋得被同學惡作劇藏起來的獎牌和獎狀，小山雙手緊抓獎牌，強忍眼眶中的淚水，榮耀和屈辱同時刷洗他顫抖的心。那一刻他領悟到現實的殘酷，原來很多事無法靠著努力就能翻轉，活在世上是多麼地無能為力。

「小山在國二時得了憂鬱症，病情反反覆覆的，一直都沒好全。現在我只希望他能夠平平安安的就好。」葉子有些哀傷地說。

＊＊＊

後來，葉子幫小山報名加入健身房，但小山不太上團體課，只喜歡在中午人少的時段，一個人進館默默踩著跑步機。有幾次我見到他在角落的機台戴著耳機，緩步而行，恍若在四周築起高聳的牆，完全沉浸在自己的世界。

葉子說，自己退休之後，曾花了很多時間待在家中跟小山相處，後來母子衝突愈演愈烈，她決定少留家中，每天泡在會館運動，眼不見為淨，這才緩解兩人緊繃的親子關係。

「我知道我在逃避小山，但也沒辦法，我真的不知該怎麼辦。我老公也退休了，很討厭我整天往外跑，天天都在唸，可他也拿兒子沒輒。」這還是葉子首次提起她先生。

「怎麼不邀請老公一起來練瑜伽？」我問。

「他常常說『瑜伽』才是我老公，我為了瑜伽拋家棄子。唉，我也懶得跟他吵，反正他整天都待在家裡看電視，躺在沙發上動也不動，要他做瑜伽是不可能的。」葉子搖頭回答。

母子倆無論是在家或是去健身會館都幾乎避不見面。然而，某次葉子跟好姊妹相約去峇里島度假一週，我卻見小山默默出現在教室的角落。剛開始還沒發現，因為他躺臥在地，用毛巾蓋住眼睛，呈大休息的姿勢。過了兩天，他又再次出現在課堂上，我發現他拜日式做得極為熟練，於是下課後他正在收拾墊子時，我笑著問他：「小山，你的拜日式做得真好，進步神速喔！」

小山朝著我天真地微笑，露出一口整齊潔白的牙齒，有些羞澀地說：「以前大學的體育課有修過瑜伽，我很喜歡，那是我唯一拿A⁺的科目。」

「學生時代我也不喜歡運動，為了可以不要動，大學選修了舞藝欣賞，那是一堂坐在教室看影片，回家寫心得的課，很輕鬆。」我笑著跟他分享大學時的體育修課經驗。

「我還以為老師從小就有運動細胞，那後來為什麼會接觸瑜伽呢？」小山問。

我告訴他，研究所時我一邊寫論文，一邊接了許多雜誌和報社邀稿，每天從早到晚都在讀書、寫作，不僅全身痠痛，還有失眠的困擾，為了趕稿壓力變得很大，情緒低落。正巧學校裡開了新的健身房，於是我報名了課程，從此再也離不開瑜伽。

「瑜伽對我身心的幫助很大，所以才想當瑜伽老師，把瑜伽的好分享給別人。」我說。

小山聽了不斷點頭：「沒錯，我大學時修瑜伽課，後來什麼式子都忘了，只記得拜日式，心情不好的時候就一遍又一遍地做。我喜歡重複的動作，很舒服，不用思考。」

「怪不得你拜日式做得這麼好。」我一誇獎小山，他又露出靦腆可愛的笑容，活脫是個暖男。

之後的每一堂課，小山都準時出席，只是葉子跟好姊妹們占據著教室的東邊，小山便在西邊，楚河漢界分得清楚明白，井水完全不犯河水。下課後葉子去泡澡，小山則用耳機堵住耳朵繼續踩跑步機，最後兩人一前一後離開，保持距離，以策安全。

某次小山告訴我，瑜伽體位法猶如各形各色的房子：「譬如桌式，是一幢矮房，四根梁柱安得牢牢的；下犬式像屋頂又像帳篷；而樹式是一棟摩天大樓，上頭還插了一根避雷針。」他用身體比劃著，看起來十分滑稽。

聽見他這麼形容，我不禁笑了出來：「真的很像。閃電式就像比薩斜塔，半月平衡式是危樓，大家做得晃來晃去的，隨時都會倒塌。」小山聽了也笑了起來。

「但瑜伽姿勢最像房子的地方，就是停留的時候，那種穩定、安靜的感覺，就算肩頭停著一隻鳥，也依然不被打攪。」小山說。

「是啊，要用水泥、鋼筋蓋一棟房子，需要先打好穩固的地基，用身體蓋房子也是如此，無論是四肢、軀幹、每一條肌肉、每一個關節都要置放到最好的位置，視線也要投向對的方向，重心才會穩定，最後呼吸跟意念也要參與其中，放下所有的念頭，就能蓋出好房子。」小山的觀點十分有趣，激發我許多想法。

「小山，你有沒有發現同一個姿勢，每個人做得都不一樣，就像是蓋房子，每個人蓋得都各有特色，無從比較。每天的身心狀況不同，蓋出的房子也不盡相同，必須日復一日地不斷重新裝潢、修整……想蓋到終極完美的地步，可能需要好幾輩子的時間吧。」

小山點點頭：「所以需要常常練習，房子才能愈蓋愈好。畫畫也是這樣的。」

「你還繼續畫畫嗎？」我問。

「這幾年很少畫，但我還是想畫畫，那是我人生唯一想做的事，但我媽一直不支持我。」小山有些悲傷地說。

我安慰他：「沒關係，慢慢溝通，你媽媽很關心你，有一天她會懂的。」

他搖搖頭，埋怨媽媽從小到大只會指責、控制他，很少傾聽他真正的想法，只會一廂情願地替他做「最好的」決定，讓他非常痛苦，因為那並不是他所選擇的人生，也並非他想要的生活。最終陷入泥淖之中，不知何去何從，索性放棄一切，擺爛待在家什麼也不做。

「誰想當繭居族、啃老族呢？但我也不知該怎麼辦。」小山離去時，我望著他單薄、茫然的背影，在心中默默嘆了一口氣。

＊＊＊

某天小山下課後突然問我：「老師，妳教兒童瑜伽的時候，有遇過亞斯伯格症狀的小孩嗎？」

「我應該就是個亞斯。」小山望著地板低聲說，從小就覺得自己跟別人很不一樣，好像是外星人，跟地球人格格不入，無法溝通。長大後才知道這就是亞斯特質，幾乎有九成吻合，買了幾本相關的書籍來看，這才了解自己並不孤單，世上還有許多氣質相仿的同伴。

學生時代的小山過著悲慘的生活，在校每天被老師體罰、同學排擠，一度想休學不念，後來在母親的逼迫下雖然取得文憑，但微薄的自信卻難以支撐他面對成年的世界，只能瑟縮在陰暗的角落，拿著畫筆舔拭內心的孤獨。

「你真的很棒，雖然這麼辛苦，但還是努力長大了！」聽了他的一席話，心裡很難過，於是拍肩安慰他。

「我就是一個有病的人吧。」小山嘆了口氣。

我很堅定地搖頭說：「你沒有病，只是擁有不一樣的特質。不需要讓自己變得『正常』，這世上哪裡有正常人？我也有很多別人無法接受的怪癖，只是要接受自己，尋找安頓自己的方法。我在瑜伽練習中找到了，你呢，說不定也能在畫畫中找到喔。」

「好羨慕現在的亞斯小孩都能及早發現，很小就開始早療。我已經這麼老了，一切只能靠自己了。」小山無奈地笑了笑，然後向我道別離去。

＊＊＊

約莫又過了半年後，從不缺席的葉子突然整個禮拜都沒來上課，就連她的好姊妹也都沒來。兩週之後再次見到葉子，她表情哀戚地說，也是健身房會員的麗美，突然心臟病發過世了。

葉子哀戚地說，那天麗美下課回家吃過晚飯，一直喊著胸悶頭暈，跟先生說大概是幾天來都沒睡好，早早就上床休息了。到了半夜，突然搖醒先生說肚子痛，起床待在廁所好久，突然先生聽見「碰」一聲，趕緊下床查看，結果發現麗美昏倒在地，額頭撞到浴缸流了好多血，趕緊叫救護車送到醫院。急診室的醫生說是心肌梗塞，到了清晨宣布急救無效，就這麼走了。

「她走的前一天下午，我們還相約一起喝下午茶，她跟我說，今年春天想去日本賞櫻，但老公工作太忙沒空跟她出國，我還答應一定陪她去。」葉子頓了頓，沮喪地說：「沒想到她隔天就走了，走得太快了。我們本來下個月要一起去台東泡湯、騎腳踏車，連民宿都訂好了，但所有的計畫都趕不上變化。」語畢，我們同時望向麗美昔日鋪瑜伽墊的位置，已然空無一人，徒留生者暗自神傷。

參加完麗美的告別式之後，憂傷的葉子開始失眠，上課時都帶著厚厚的黑眼圈，看起來愈來愈憔悴。她從原本每天連續上好幾堂課，漸漸轉變為每週僅不定時來上個一、兩次，下課後衣服也不換、澡也不泡便立刻回家，跟好姊妹也沒聊幾句話，跟從前開朗活潑的形象判若兩人。

如此過了好些時日，某天我喊住正要離去的葉子，問她最近過得好嗎？葉子黯然苦笑，說是最近開始去看身心科，每天都得服用安眠藥才能入睡，常常攤在床上什麼也不想做，就連最喜歡的運動也失去興趣。茶不思、飯不想，好像完全喪失活下去的力量。

我不知該說些什麼，於是拍拍她的肩頭，想給她一些安慰。

葉子頹喪地繼續說：「最近突然變得很怕死，我這才知道，多年來一直努力運動，吃有機、營養的食物，讓自己變得健康、強壯，盡量不要生病，好像就可以離死亡遠一點。」她垂下頭，聲音忽然變得低沉，帶著些許哽咽：「但當我見到麗美這麼健康，甚至比我還要健康，卻一夜之間就走了，我好害怕自己哪天也會這麼突然就去了。她過世後，我才發現自己一直在逃避老去的事實，年紀愈大，離死亡愈來愈近，就算努力保持健康，也不可能逆轉一切。」葉子搖頭嘆息。

「至少妳還願意來上瑜伽課，保持每週練習幾次，一定會慢慢走出來。」我給予她一個長長的擁抱，才與她道別。

＊＊＊

這段期間，小山不再躲著葉子，他常跟媽媽一起來會館，幫忙揹瑜伽墊、拎提袋，還將自己的墊子鋪在媽媽旁邊。當葉子因感冒而咳嗽不止，小山會很貼心地遞上水杯，或是在大休息時為她蓋上毛巾，看得出來他很擔心媽媽，這是我眼中的小山從未展現過的一面。

大休息熄燈時，見到二人靜默無語地並肩躺下，手掌幾乎要碰在一起，在一吸一吐之間，緩緩放鬆，各自將人生沉重的一切交給地板；即使醒來後還是得面對生命中的種種課題，至少能在瑜伽課獲得片刻歇息。想到這兒，我也驀然感受到深深的安慰。

在梵文裡Shava是「屍體」的意思，因此Shavasana又稱「攤屍式」。在練習時需要平躺在地，手腳攤平，闔上眼，維持身體靜止不動，保持穩定的呼吸及心念的止息。透過此式能充分解除疲勞，獲得內在平靜。

每當來到寒冷的冬天，健身房的學員在熄了燈的教室裡，一排又一排地躺在地上，一動也不動，身上還覆蓋白色毛巾，有時連臉面都一起遮蔽了，我總會聯想起逝者的身體。從前我不喜歡這個體位法的名字，直到成為站在台前的瑜伽老師，見到這壯觀的一幕，才知道這個體位法為何稱作「攤屍式」。

瑜伽課從靜坐、唱誦起始，接著在關節與腺體的暖身中緩步開展，隨即進入拜日式與各種體位法，但在動中經驗感官的忙碌、精采與喧囂之後，終究是要回歸沉寂的。如果沒有大休息，便無法構成一次完整的瑜伽練習，猶如每天必須起床、勞動而後歇息，靜止與睡眠總是必須。瑜伽練習何嘗不是我們一生的隱喻？從出生開始，不斷在成長過程中綻放繽紛絢麗的花朵，但時候到了，也終將老去、死亡。每一堂瑜伽課都讓人反覆經歷生死，每個呼吸也都是一次死亡及重生。

瑜伽大師艾揚格（**B.K.S. Iyengar**）說過，攤屍式是瑜伽最困難的體位法，除了千絲萬縷的念頭總是干擾我們靜心之外，我想此一模擬死亡的姿勢，讓我們在清醒中領略一切終將消逝：所有畢生的追求、享受及所擁有的人事物，終有被迫放手的一天。要能坦然面對、迎接死亡，永遠都是生者最艱難的功課。

＊＊＊

數個月後，葉子說接下來要請假兩週，跟老公一起到歐洲旅行。

「我先生很擔心我，想帶我出去走走。本來不想出門，但他說想重遊我們蜜月時去的布拉格、奧地利、維也納……，我就答應他了。」葉子露出許久不見的笑容。

我鼓勵著她：「出去晃晃對身心都有幫助，瑜伽不是仙丹靈藥，沒辦法解決所有問題，更不是人生中唯一重要的事。做完瑜伽之後，終將要離開墊子，好好生活。」

葉子出國期間，小山仍舊規律練習，他看起來有精神多了。某回下課與我聊天時，他透露葉子終於不再反對他畫畫，還贊助他跟一位知名的油畫老師學習，現在他幾乎每天都在創作，閒暇時上瑜伽課，日子過得忙碌而充實。

「上個月我跟媽說想到紐約習畫，她竟然答應了，但是要我好好念英文，因此我也報名了線上課程。以前念書時最討厭的就是英文，不過為了明後年能順利到國外上課，背單字好像就沒這麼痛苦了。」他皺著眉頭，卻掩不住眼中的濃濃笑意。

「時間還多著呢，沒問題的。對了，你媽這段時間身體有好轉嗎？」我想起已經好久沒跟葉子課後聊天了。

「我媽好很多了，她生病之後，跟我和我爸的感情反而變好了。以前她就像一隻唯我獨尊的母老虎，而且老是往外跑，很少見到她。不過她現在比較有耐心聽我們說話，還會關心我們，也不會一直大吼大叫了。」小山如此形容自己的母親，我不禁想著如果葉子聽見，一定會作勢海扁小山吧。

＊＊＊

葉子從歐洲旅行回來後，顯得容光煥發，一掃半年多來的陰霾。她回到台灣後的第一堂課，帶著一位體格魁梧的男子一塊兒進到教室，向我介紹：「老師，這是我老公，他要體驗人生第一堂瑜伽課，再請妳多照顧他了。」

「以前沒上過瑜伽課嗎？」我望向葉子的先生。

「從來沒有，我很久沒運動了，肚子都是肥肉。」他秀了一下自己的人肉游泳圈，身旁的葉子跟小山見狀不禁露出微笑。「老師，我的肚子就交給妳了。」他哈哈笑著說。

從台上望見葉子一家三口一起練瑜伽的難得情景，讓我感受到滿滿暖意。葉子的先生練不到半堂便大聲喘息，將毛巾披掛在脖子上，頻頻拭汗，斗大的汗珠滴落墊上，他還轉頭問老婆：「妳看我這樣有像油淋雞嗎？」惹得葉子咯格發笑，盡量不轉頭看先生練習的笨拙樣，以免無法抑制地笑出聲來。

下課後，葉子讓先生和兒子去換衣服，然後將一盒切好的水梨遞給我，坐下來跟我說：「這趟旅行實在太棒了，好像回到年輕的時候。我們在捷克時還約定好，下次要去北歐看極光。」她很愉快地告訴我接下來的旅行計畫。

「真的太讓人羨慕了，妳跟先生感情好好喔。」我說。

她笑著說：「都是老夫老妻了，每天相看兩厭煩，除了一起吃飯睡覺，也沒啥交集。一直到麗美過世，我忽然覺得一定要好好珍惜老公跟孩子，如果突然走了，才不會有遺憾。」

「是啊，而且妳先生還願意陪妳來上瑜伽課，這可是不小的改變啊。」我稱讚她。

「他之前看我每天都賴在床上，完全失去活力，很擔心我，才想陪我一起運動。」葉子說完眉頭一挑，反問我：「而且我先生自己也很需要運動，這也是為了他自己的健康，是吧？」

我點頭稱是：「能夠集合全家人一起上課，實在不容易。」

「我之後也不想整天泡在會館了，想多分一點時間給家人。我先生希望我能多陪陪他，不要總是往外跑，所以我答應他，以後一天最多上兩堂課，不要把自己搞得這麼忙。他最大的心願就是趁退休後還走得動，到處遊山玩水，這也是我年輕時的願望，只不過以後我們不時就得要請假出遊，要先跟老師說聲抱歉了。」葉子望著正嚥下最後一塊水梨，流露滿足表情的我。

「太好了，妳就放心去玩吧，妳還有這麼多好姊妹鎮守會館，沒問題的！」我開玩笑地說。

從此以後，葉子不時用LINE傳來夫妻倆在世界各地遊玩的照片，畫面中的她也常會擺出各種瑜伽姿勢，後來連老公也一起加入，我有時會回覆點評：「腳可以抬高一點。」「太完美了。」「手牽手一起做會更好。」有時僅給一張貼圖，但心裡總覺得甜蜜。

瑜伽不再是葉子生活中唯一的重心，家人更是她心中的珍寶，及時投入時間與心力經營，永遠都不嫌遲。

至於葉子的兒子小山，兩年後成功出發前往紐約，還寄回一張親手繪製的明信片給我，他畫了一座山，山上蓋有一座華麗的城堡，上頭什麼也沒寫，只有一個大大的笑臉，以及他的署名。這張明信片也鼓勵著我，要繼續堅持做自己喜歡的事，享受當下的每一份幸福。

活在當下的練習處方

做瑜伽會帶來平靜喜悅，應該要規律練習，但是過於沉溺，成為逃避現實的藉口就適得其反了。

世間才是最好的修練場，當你發現自己過於依賴練習，而忽略生命中其他的人事物，或者因為練習而變得很忙，忙到無法停下來面對自己真實的感受與情緒時，請先找一張舒適的椅子或靜坐墊，舒服地坐好，感受呼吸的流動。放鬆下來後，誠摯地問自己：「我的心哪，請告訴我，你的恐懼是什麼？」

接著，安靜地聆聽你的心所要傳達的訊息。請記得，你要做的僅只是如朋友一般地傾聽自己，不帶有任何批判，讓心自由表達。無論是恐懼、焦慮、憤怒、煩悶……等等情緒表露，都屬於你的一部分。你愈是能接納自己，你的心就愈是願意向你傾訴真心話。

片刻之後，對你的心表達謝意，告訴它：「謝謝你，我完全接納你的感受，我愛你。請相信我，我會永遠陪伴你，慢慢解決這些難題，請你放心向我訴說更多。現在，讓我們一起來靜坐吧，這會讓你感覺更好。」

然後，請再次放鬆全身，把覺知放在鼻息，感受呼吸在鼻腔來回的進出，並且在吐氣時數「一」，吸氣時數「二」，反覆數著「一、二」。不刻意設定時間，想坐多久都可以，直到終於安心、平靜下來。

在靜心結束前，溫柔地告訴自己，或許很多事無法一次做到最好，或者輕易解決，但我們會耐心練習，就像在瑜伽墊上一樣地保持覺知，然後睜開眼睛，微笑扛起應盡的職責，繼續認真生活。

姻鬱風暴

當我第一次來到珮華位於北市鬧區裡的豪宅裡教課，走進門後所見到的景象實在把我嚇壞了：偌大的客廳裡擺滿各式各樣的水晶礦石和佛像，還燃著濃郁的沉香，猶如來到佛具行一般；再環顧四周，美麗的波斯地毯上散落許多書本，牆緣也放滿紙箱，堆積如山的雜物讓空間顯得十分壅擠，佇立其間讓人有些頭暈。

「我們要在哪裡上課呢？」我擠出微笑，稍微閉氣幾秒鐘，拚命忍住快要打出來的噴嚏。

「不好意思，我兒子出國念書後，就把外傭辭退了。我很愛血拚，卻懶得整理，打掃阿姨下午才會來，就先在我房間練習好了。」

果然，珮華的房間也十分凌亂，名牌包推成小山，衣服四散床上，幸而還有能擺得下兩張墊子的空間。第一堂課我總會先跟學生聊聊天，了解他們的練習需求。她自述目前處於更年期，身心有諸多不適，包括關節疼痛、頭痛、煩躁心慌、容易疲勞和失眠。這幾年來症狀愈趨嚴重，於是醫生建議她練習瑜伽。

已有十年未運動的她掙扎許久，才決定開始嘗試。剛開始報名了一間連鎖瑜伽健身會館，但處於嘈雜的人群之中及不熟悉的空間，難以抵禦環境裡的各種氣味與聲光，外在的刺激常讓她呼吸急促、心跳加速，沒來由地感到恐慌，無從放鬆，因此後來才決定找私人瑜伽老師。

我們從簡單的伸展開始做起，她的身體僵硬，呼吸也極為短促、不規律，無法在一個姿勢中停留太久，不久便苦著臉說：「老師，我喘不過氣來，快要昏倒了。」因此我刻意將速度放慢，強度放緩，還不時提醒：「記得要呼吸，不要閉氣喔！」大休息時，珮華躺在自家房間地板上，仍舊不安地微微扭動身軀，肩膀也微微聳起。我察覺到她的焦慮，於是為她蓋上浴巾，熄了燈，並輕觸她的手背。接著，我也慢慢闔上眼，開始調息，進入靜坐的狀態。

珮華原本沉重的呼吸聲愈來愈輕，感覺稍微放鬆下來了。我睜開眼，見到一行清淚淌過她的面頰。

我懷抱著對她的愛繼續靜坐。十分鐘後，才喚珮華起身。經過體位法練習，她的腰桿終於能夠挺直，呼吸也平順許多。

「感覺都好嗎?」我在下課後輕聲問。她點點頭，抹去眼角的殘淚，終於發自內心地笑了。每當見到這樣的笑容，我便能確定這堂課可以繼續進行下去，那是師生之間的一種交心的連結，毋須太多的探問與言語，就能確認彼此是能和諧共處的。

＊＊＊

我跟珮華的緣分源自另一位學員菽娟，她是珮華的鄰居，兩人年紀相仿，也是相識多年的至交。六十出頭的她，活得非常瀟灑快活，也固定請我到家裡教她瑜伽，因為菽娟的牽線，我才認識了想找私人瑜伽教師的珮華。

某次我們談到當紅的古裝電視劇裡頭，對於婚姻太過理想化的女主角，不能認同男主角變心多情，而導致最後兩人感情破裂，再也無從破鏡重圓。

「要怎麼活在婚姻裡，完全是自個兒的選擇，把自己的日子過得好，比什麼都重要。我老公是上市公司老闆，有錢又多情，這我嫁給他之前就知道了，當時我媽很反對，但我從小窮怕了，立志未來一定要找個有錢男人結婚。直到婚後才知道，他不僅有小三，還有小四、小五、小六呢。」菽娟笑著說。

「有想過要離婚嗎？」我皺眉，替她感到忿忿不平。

「當然有，我活在憤恨中好幾年，每天都期待老公能有所改變。」但天不從人願，老公跟她愈來愈疏遠，菽娟不斷自我折磨，時常處於崩潰邊緣。

「有天早上，我走到洗手台前，望見鏡中的自己，驚嚇地說不出話來。那張嘴角下垂、額頭滿是皺紋，憔悴蒼老的面孔，真的是我嗎？我突然覺得好不值得，為什麼要為了這薄情寡義的男人變成這副德行。」她站在鏡前發愣了半小時，終於大夢初醒，徹底看穿現實。

然而，菽娟並不想要離婚，而是開始花老公的錢去做喜歡的事。首先砸大錢做一系列昂貴的醫美療程，將臉部及全身都修整了一番，從一個悲情老嫗變身為美魔女，還成為SPA美容會館的會員，每週保養、按摩數次；接著開始學習年輕時喜歡的油畫、鋼琴、插花、高爾夫球、瑜伽，一整天大部分的時間都沉浸在令人愉快的事物當中。

「那時我才覺得自己是個貴婦，而不是跪婦。」菽娟哈哈大笑說。

藉由充實的行程轉移注意力後，她對老公的行徑愈來愈無感，能夠跳脫出來，不再把老公的問題變成自己的問題。「後來老公的小三、小四、小五偶爾打電話，或者直接登門來家裡鬧，我都叫他自己去面對，那真的不干我的事嘛！各人造業各人擔，我忙得很，才沒時間管。上次他被某個小老婆弄得心情煩躁，想找我聊聊天，我還沒空呢，如果想跟我吃飯，得提早三天前預約。」

菽娟看破婚姻的灑脫，以及那一份真正的獨立自主，恐怕不是一般人所能做到的，這真是門不容易的功課。

有時到菽娟家教課，她也會跟我提起鄰居珮華，表達對她的擔憂：「每次她憂鬱症發病時，我總會拖她出門透氣，開車帶她到山上轉一圈，再到美式餐廳吃一頓炸雞配啤酒。炸物跟酒精是她沒胃口時，唯一能引起食欲的食物。」

她總是苦勸珮華要想開一點，但身為過來人，也知道這個關卡不容易，只能盡量幫她找些樂子來轉移注意力。後來她想到瑜伽，就把我推薦給珮華。

當菽娟介紹珮華給我認識時，曾經私底下告訴我，珮華跟老公的關係很疏離，夫妻極少見面，唯一的孩子也在國外；長期獨居，少與外界接觸，因此菽娟每週都會按好幾次電鈴關心她。「有時她白天在睡覺，沒來應門，我都緊張個半死，一直傳訊息給她，深怕她出事了。唉，老師，希望瑜伽對她有點幫助，都這麼多年了，我也不知該怎麼勸她了。」

＊＊＊

珮華身處的世界就像是間沒有窗戶與光線的暗室，她常用低沉的聲音陳述諸多擔憂，譬如十年前也曾經練過瑜伽，但卻因此腰背拉傷，手腕痛了很長一段時間，做了好幾個月的物理治療和針灸才終於恢復。因此每次上課都不斷問我：「我真的很害怕自己會再受傷，現在年紀大了，萬一傷到，大概就好不了了。老師，我應該不會再受傷了吧？」

珮華也經常沉浸在往日的苦痛中，她的感受力很強，記憶力也特別好，能夠清晰描述童年往事，偶爾下課時她會跟我聊到：「小時候我爸媽開店，早出晚歸，非常忙碌，時常不在家。我是獨生女，童年沒什麼玩伴，常常一個人坐在院裡子發呆，每當聽見屋外有摩托車的聲音，就會衝出去看看是不是爸媽回來了。」

等到晚上六點多，他們還是沒回家，珮華就會把冰箱的剩菜剩飯，或者冷凍的饅頭放進電鍋裡加熱，或是簡單做個炒飯、下個餃子。獨自吃過晚餐後，寫好功課，來到空蕩死寂的客廳裡打開收音機，希望能聽見些許人聲。

偶爾爸媽提早回家，或者帶了食物回來，喚她起來享用，但珮華只要聽見開門的聲響，就會一溜煙地衝回房間把門鎖起來，不理爸媽的敲門和呼喚聲，假裝已經熟睡了。

「好矛盾，我既想靠近他們，又想遠離他們，或許我從來都不知道怎樣跟親人相處。」珮華嘆道。

「既然爸媽不管妳，放學後有跟同學一起玩嗎？」我好奇地問。

「我在學校很安靜，不惹事也不出鋒頭，功課平平，沒人欺負我，但也沒什麼朋友，跟同學都保持一定的距離。在班上我是個隱形人，雖然一直在場，但卻常常被遺忘，好似不存在一樣。只有在點名的時候才會突然有這麼幾秒鐘被人想起來。這世界有我或沒有我，好像都沒有差別。」珮華面無表情地說。

我環顧著她婚後這空寂的家，牆角仍站著一位靦腆沉靜的小女孩，很乖，但心中的憂慮卻無人知曉，也無從訴說，就這麼孤零零地長大了。接著結婚生子，走過生命的繁華與沉寂，卻仍如此孤單。

忽然我感到能待在這兒陪她做瑜伽，真是一件很有意義的事，至少我來的時候，她就不是一個人了。

對於珮華來說，課後的閒聊是很好的療癒。她會告訴我日常生活的種種心情，因為我只是一個旁觀者，不會涉入她的生活圈，因此講起私事或抱怨起來也比較安心。雖然聆聽學員的心事並不屬於我的業務範圍，但若時間允許，喜愛聽故事的我也樂於傾聽。況且在傾訴內在的心事後，她會變得稍微正向、輕盈一些，對於瑜伽練習也有不小的幫助。

雖然每週都來到珮華家，但卻未曾見過她先生。珮華說老公在中國開工廠，大概每個月回台出差一、兩次；兒子則在美國求學，目前就讀大二，每半年返家一回。因此家人們聚少離多，各自分頭生活。

「有時會覺得很寂寞，但全家人綁在一起也不快樂。」珮華回想二十年來的婚姻生活，她的先生脾氣非常暴躁，總是專注在自己的世界，不太理她和小孩，也鮮少顧及他人感受。他控制欲強，常常莫名地發怒，卻說不清楚究竟是為什麼。事後才會透露原因，大都是因為一些小事，譬如珮華無意間將他的鞋子從鞋櫃的一端挪到另一端，不小心碰了他脫下來的手錶或帽子，或者她燉煮的湯品太鹹、太辣，還加了最討厭的芹菜香菜，不合口味。又或孩子早上晚起了十分鐘，出門前還忘了把房門關好，風一吹又砰地關上了，發出巨大的聲響，令他受到驚嚇。就連家裡的哈根達斯冰淇淋吃完了尚未補貨，都會引起他的強大焦慮，不斷拍打冰箱咒罵半天。

只要稍微打亂先生心目中的秩序與規則的事件，都會引起固執的他勃然大怒。珮華摸索了好幾年，大致能避開老公的地雷，少惹他生氣，但只要家裡有任何事讓他不順心，就會扭頭摔門而去，或是立刻發飆，根本防不勝防，無論怎麼做都很難讓他滿意，有時也會在孩子面前大罵珮華。他喜歡挑剔別人的錯誤，常常長篇大論說個沒完，不給別人解釋和發表意見的餘地。這讓珮華每天都得繃緊神經，像個卑微的宮女小心翼翼服侍尊貴的皇帝：「他是一個沒有同理心的人，我感受不到他的愛，他永遠悶著頭活在自己的世界，只有他說是對的才是對的，旁人不許有任何意見。」

她曾想過要離婚，卻無謀生能力，不敢說離就離。在外人眼中，她老公不賭不嫖，形象良好，大家都很羨慕她有一個顧家、會賺錢的好先生，難以理解為何提起老公時，她總是愁眉不展、淚流滿面。

「我雖是個堅強的太太和母親，但也有脆弱的時候，很希望有個人能呵護我、傾聽我。很可悲的是，我兒時得不到，進入婚姻後更成為一個不可能達成的願望。」聆聽愈多珮華的故事，便愈加能夠懂得她的焦慮，長期跟這樣的伴侶相處，要不憂鬱都難。

「妳老公似乎是個不解風情的男人，當年他是怎麼追到妳的？」某天當珮華沉浸在悲傷往事時，我天外飛來一筆地問道，她愣了一下，然後大笑：「結婚兩年後，我們買了新房子，正在打包裝箱時，我從他的衣櫃深處挖到一本小冊子，書名是《約會必勝指南》，裡面不僅用紅筆畫了重點，還寫滿筆記。他依照縝密的腳本，花了一年時間，完成一場完美演出，讓我順利上鉤。」

「看到這本書時，妳一定很傻眼吧。」我腦中浮現喜劇演員把自己打扮得人模人樣，對著鏡子擠眉弄眼的畫面。

珮華點點頭，接著談起她兒子也有類似的狀況，「小三的時候，學校老師察覺到他不太對勁，要我帶去醫院評估，診斷出有輕度自閉症，其中有很強的亞斯特質。後來我看了他所做的量表和一些資料，裡面描述的特質竟然跟我老公一模一樣。」經過醫生的解釋，珮華這才恍然大悟，原來自己是「卡珊德拉症候群」的一員：亞斯柏格特質的人常無法給予伴侶足夠的愛與親密關係，導致伴侶感到孤獨與不被愛，進而出現一連串的身心症狀，包括焦慮、恐慌、困惑、憤怒、沮喪、低自尊，以及免疫力降低等等。

「但知道了也沒用，世界依然照常運轉，我跟家裡的大亞小亞一樣沒有情感交流，各過各的日子，好像不是一家人。」她就像坐困閣樓的長髮姑娘，無法離開，更無從逃脫。

找不到出口的她，開始在飲食上尋求慰藉。她拚命進食，彷彿透過食物填補生命中所缺乏的愛，在體重不斷增加之後，又沉浸於罪惡感中；厭棄食物一段時間後，卻再度暴食，以彌補內在的匱乏。

同時她也經常亂買東西，除了衣服、鞋子、包包，在接觸宗教之後，便愛上蒐集佛像，彷彿多供奉一尊佛，便能得到更多的庇佑。許多身心靈界的朋友也推薦她購入礦石以改善環境與自身磁場，因此只要壓力一大，她便瘋也似地買東買西，狂刷有錢老公的副卡，像是一次又一次的小小復仇。

＊＊＊

珮華在跟我上了幾個月的一對一瑜伽課後，決定邀請鄰居菽娟一同上課，也好作個伴，避免偷懶請假的可能性，逐漸她們決定增加成一週上兩次課。

規律練習一年後，珮華的氣色好多了，睡眠品質改善不少，醫生也替她減了憂鬱症藥物的使用劑量。

某次下課她告訴我：「每當我又感到莫名恐慌時，就會想到瑜伽課的呼吸練習，試著把注意力放在呼吸上。那真是我的浮木，只要緊緊抓住，就像牽著一隻救命的手，幫助我脫離載浮載沉的狀態。」找到自救之道的珮華，開始有了些許自信及笑容。

不過她的身心症狀仍舊起伏不定。每當老公回家的那幾天，她又再度像一條繃到最緊且隨時都會斷裂的橡皮筋，也會停止瑜伽練習，全心應付先生的各種需求；又或兒子返家過節的時候，她會像顆陀螺一樣地忙得團團轉，重現昔日的重度焦慮狀態。

而當男人們再度離家，留下她一個人，她又會沮喪不已，再度面對空巢的現實，必須加重用藥，才能穩定跌到谷底的情緒。

「很矛盾吧，無論他們在家或不在家，都讓我感到痛苦，我實在弄不清楚自己要的究竟是什麼。」

某天在課前，她皺著眉頭埋怨自己：「小時候總是一個人守著家門，等待爸媽回來。現在年紀大了，也是差不多的狀況，我應該要能適應的，但為何還是這麼脆弱？」

「無論是多麼脆弱、醜陋的部分，都是妳真實的一部分，無論好的、壞的，如果都能一併接受，或許妳就能真正獨立、愉快地獨處了。」我微笑著給予建議，跟她一起上課的菽娟也點頭附和，但這要實踐起來有多麼不易，就連我也無法完全做到。

珮華嘆了一口氣，又做了幾個體位法之後，忽然感慨地說：「以前，我以為瑜伽只是一種運動，沒想到在練習時，我也在學習跟自己相處。當動作做得太深，痛得不得了，就必須調整一下位置，讓自己放鬆一點。想要疼痛或者舒適，大致上是可以控制和選擇的，不需要勉強，生活大概也是這樣吧。」我聽了不禁點頭如搗蒜：「無論身處再糟的狀況，也總是有選擇的，要能感受到自己在每件事上都是有選擇權的，而非無能為力，就會更有力量。」

菽娟也表示贊同：「我學瑜伽這麼久，到現在還不會倒立，或者做高難度動作，但我不在乎。我喜歡做瑜伽，也很享受瑜伽，一直做不到的動作就放下吧，人生不用什麼都會，太完美就不好玩了。」

是啊，太完美的人生應該很無聊吧，什麼都做得到的瑜伽大概也就不有趣了，總是要有關可以闖，有劫需要破，才有動力和滋味啊！

＊＊＊

隔年的年初，菽娟跟老公到國外探視親戚，珮華則剛剛送走老公和兒子。適逢台北每天都在下雨，又濕又冷，許久不見陽光。當我來到珮華家，一進門便感受到一陣低氣壓，她說已經一週沒出門了，整天關在家裡，一天只吃兩餐，皆靠手機app外送平台維生，除了外送員跟大樓管理員，就沒跟其他人接觸了，每天的行程就只有吃飯、看電視，以及躺在床上昏睡，好似只要睡著了，便感受不到任何痛苦了。

珮華身穿一件寬鬆T恤、運動褲，披頭散髮坐在瑜伽墊上，像是一朵快要枯萎的花，毫無生氣地說：「我很懷疑自己為什麼還活著，這世界有我，或者沒有我，一點差別都沒有。」

這句話讓我感到心酸不已，於是拍拍她的肩頭：「不，我很在乎妳，菽娟也是，如果沒有妳，我們都會非常難過。」

珮華淚如雨下：「妳不會了解憂鬱症的辛苦，這些年來反覆發作，我已經快要承受不住了。」

我堅定地凝視著她的雙眸，用很溫和的語氣說：「珮華，妳知道嗎？我也得過憂鬱症，在我十七歲的時候，有好幾年的時間，跟妳一樣陷進憂鬱漩渦爬不出來。但多年之後，我走出來了，成為瑜伽老師，現在還到妳家教妳瑜伽。它會好起來的，只是在找到力量之前，請妳一定要好好活下去。」

「什麼？妳也得過憂鬱症，不可能啊，妳看起來這麼陽光。」珮華愣愣地望著我。

我抽了一張衛生紙，對折再對折成方形後遞給她，讓她先拂去臉上的淚，這才娓娓道來：「人的一生中都會有低潮的時候，心病不分年齡。當年我還是十七歲的高中生，而妳是中年才發病，而有些人則是到年邁之時才生病，甚至有些人病了一輩子都沒辦法好。」我頓了頓，繼續說：「雖然每個人的狀況不同，但都有功課要做，不只是吃藥而已。如果能夠把屬於自己的課題完成，不但病會好，也能脫胎換骨，人生更會是完全不同了。」我想起自己的經歷，發自肺腑鼓勵著她。

「但我就是走不出來。」珮華哀嘆。這句話聽起來很熟悉，當年心中也曾響起無數次這樣的聲音。所謂的正面思考，看似簡單，也有利於自身，心裡懂得，也很想這麼做，但人在憂鬱症時真的就是做不到，恰似有層混濁不透光的薄膜牢牢服貼、覆蓋在心口，總是無法穿透。

因為懂得，所以我只是微微點頭，報以一笑，什麼也沒說。

「老師，妳又是怎麼走出來的？」她的淚水暫歇，再度抽了一張衛生紙擤鼻涕。

「我以前有個很要好的同學也得憂鬱症，後來得知我康復了，她媽媽還打電話到我家，問我就究竟是怎麼好的。」當時接到這通電話，真不知該如何回應。我只能告訴對方，每個人走出來的方式跟際遇都不同，我的方法不見得適合別人，而所謂的「方法」必須親身經驗、尋找，如果找到了，就得保持下去，不斷練習，不再回頭。

「我生病的那些年，還只是一個學生，帶著憂鬱症跨越了高中、大學、研究所，因此不斷有機會來到新的環境，接觸不同的人、事、物，展開與前一個階段截然不同的生活。轉換環境時總會帶來很大的壓力，有時也讓病情變得更嚴重，卻也給予我更多的可能性，讓我擁有更多的機會形塑、調整自己。」

我告訴她，如果一個人想要走出來，卻一直反覆在既定的圈套中輪迴，怎麼可能有超脫循環的一天呢？因此最大的關鍵就是找到轉變的契機，打破思維、行動的固有模式，重新建立一套新的思考方式，如此才有可能「走出來」。

「妳的意思是說要打破惡性循環嗎？這我也有想過，但根本不知道要怎麼才能辦到。」珮華歪著頭說。

「當我在學校做心理諮商時，逐漸學會如何找到每一件事物背後的深層意義。即使受苦了，但每件事仍有很豐富的面向，橫著看、豎著看、倒著看、從遠方看、靠近點兒看，其實都不一樣。要能反覆挖掘事物的意義，將各種面向都看透了，就有可能突破既有的框架，不再只看見自己執著的那個點，就漸漸能跟情緒握手言和了。」

珮華陷入沉思，過了好一會兒才說：「我也不是真的那麼看不開，有時也能跳脫出來，但很快又不由自主地陷進去了，然後不斷往下掉，再也沒有爬起來的力氣。」

聽聞她的心聲，我笑了：「我也是，每個人都有最脆弱、容易被擊倒的地方，只要不小心戳中要害就痛得尖叫，所以才需要練習，就像一個禮拜沒練體位法，身體一定很僵硬、難受。沒有一勞永逸的事，活著就得不斷練習和自我提醒，別無他法。」

「開始上課吧！」我們一起打開墊子，展開練習。憂鬱症的學員不能做太長時間的靜坐，因此我總是帶著珮華不斷伸展，並提醒她保持呼吸的覺知，讓身體及頭腦總是有事情做，沒有半刻閒下來胡思亂想的機會。即使來到最後的大休息，也持續引導她將注意力放在身體的各個部位，從頭到腳放鬆全身。

我很喜歡在大休息時欣賞學員們的呼吸，無論再緊繃的人，經過一小時的體位法練習後，都能自然地進行腹式呼吸。望見一個清醒而靜默的人，四肢攤平躺在地板上，無所顧忌地呼吸，卸下一切煩惱，當下再無任何干擾，實在是非常幸福、美麗的事。

「剛剛練習到最後，妳的聲音不見了，全世界好像又剩下我一個人，可是我卻感覺很安心。那時我突然了解到，一直在創造焦慮苦痛的，其實就是自己，如果能常常練習瑜伽，讓腦袋停下來，或許就不會這麼憂鬱了。」珮華很有體悟地說出這段話，也讓我放心不少，至少她還願意練習，那比什麼都重要。

離開珮華家之後，走在午後陽光燦爛的靜謐社區街道上，緩緩呼了口氣。人生而就不免受苦，不分年齡，一樁接著一樁，直到闔眼離世的那一天，壞事發生時也經常身不由己，只能被動承受。但如何把苦痛轉化成生命的禮物，伸出雙手坦然迎接，甚或視為修行的過程而不以為苦，逐漸淬鍊出強韌而溫柔的心靈，就端看個人的造化了。

＊＊＊

幾個月後的某天，我到珮華家教課時，發現客廳那些佛像及大型礦石都不見了，只留下一尊她最喜歡的玉石觀音菩薩塑像。問起那些寶物都到哪兒去了？珮華笑說：「全部都送到我朋友開的二手商店轉賣了。我皈依的師父說，毋須蒐集那些塑像，最重要的是心中有佛，所見的眾生都是佛陀的化身。」

我也注意到房裡的雜物少了許多，原來這段時間她開始進行斷捨離，將不需要的物品盡量送出去，生活空間因此寬敞不少。

「老師，我還為妳留了一袋衣服，看妳喜不喜歡。」接過珮華遞過來的二手衣，裡面很多都還是全新未剪標。她說自己正慢慢戒掉亂花錢的習慣，只購買需要的生活用品，不想再囤積這麼多東西。

「妳真棒，能夠捨棄自己不需要的，這需要很大的決心。」我誇讚她。

珮華吐吐舌頭：「沒有啦，再買下去又不清理，房間真的放不下了，要再買一棟新房子了。」

我環顧著四周，感受到這間收納過的房子清淨的氣場，相信主人的內心也經過妥善整頓了。「瑜伽也是一種收納，把腦中的想法和情緒捨下，然後將真正有用的部分的重新整理、擺放妥當，同時也一定要每天打掃，才能維持心境的整潔。」我有感而發地說。

「那就請老師趕緊替我收拾一下吧。」珮華笑著領我進她的房間，地板早已鋪好兩張瑜伽墊。領她靜坐前，我瞇著眼從咖啡色的窗簾縫隙向外遠眺落地窗外的遠山。感受久違的愜意幽靜。

＊＊＊

時間過得飛快，珮華和菽娟的瑜伽私人課也持續兩年了。身為瑜伽老師，經常得面臨熟悉面孔的來來去去，好好告別學員是重要的功課，而這一天也終於到來了。

珮華的先生在深圳購買了新居，事業重心也悉數移往中國，因此要將台灣的房子賣掉，全家一起搬往深圳。得知消息之後，菽娟與我都相當不捨，珮華原本穩定下來的心也開始震盪起來。

那陣子，珮華經常臉色蒼白地說：「想到又要跟先生密集相處，過去的一切都得重演，真不想面對。」

「但妳也不是從前的妳了，現在的妳已經不一樣了。」我安慰她，一旁菽娟頻頻點頭，這段時日她常陪著珮華，兩人知道能相處的時日不多，需得好好把握。

在珮華家帶領最後一堂課的大休息時，我想起第一堂課的情景，現在珮華的身心柔韌又強壯，能夠帶著瑜伽這份禮物，披上盔甲上戰場，接受更多的考驗了。

後來我到仍舊待在台灣的菽娟家裡，繼續幫她上瑜伽課。但因為珮華不喜歡打字，也不擅使用社群軟體，因此許久都沒有她的消息，一個月後才從菽娟那裡得知，珮華落腳深圳後，日子過得十分愜意，經常獨自到處遊山玩水。這聽起來好像不是從前老是宅在家的她會做的事，可見在異鄉適應良好，我們也就放心了。

約莫又過了一年，菽娟飛往深圳去探望珮華，當她回台後的那次上課，我才一進門，菽娟就用激動的語氣告訴我：「老師，珮華離婚了。」

「啊？怎麼會這樣！」我張大嘴巴，驚訝無比，這聽起來也一點都不是珮華會做的決定。

菽娟點頭道：「這是真的，她還說要先飛去美國找兒子。雖然目前沒有工作，但爭取到一筆贍養費，省著用，也夠花一輩子了。」

「那她為什麼要離婚？」我忍不住追問。

「珮華說，來到深圳不久，發現老公跟一位年輕會計交往很久了。但離婚的真正原因，還是彼此已經沒有感情了，不想再糾纏下去，於是珮華決定簽字離婚。她說，想重新開始，擁有更有意義的人生。」萩娟雖然也不免掛念著她，但仍為珮華的改變喜悅不已。

我又問：「珮華還會回台灣嗎？」萩娟說，短期內她會待在國外走一走，等到玩累了，再考慮定居美國或台灣，一切就走一步，算一步了。

在當天的課程中，我引領萩娟做了許多平衡的動作，望見她從雙腳站立開始，慢慢將重心轉移到其中一條腿，然後將另一條腿緩緩離開地面。平衡的過程需要不同部位肌肉的啟動與協調，以及專一的視線及穩定的呼吸，安靜的頭腦則會將所有要素凝聚在一起，幫助身體平穩放鬆地在動作中停留。

無論身處親密關係或者單身，要用一條腿站起來，穩穩支撐自己，都不是一件容易的事。然而藉由不斷地練習，即使初時搖搖晃晃，猶如一個剛學走路的小孩，但後來無論是用雙腿或單腳站立，都一樣堅定不移，而在過程中培養出的勇氣與自信，大概也會成為奮力迎戰生命考驗的重要泉源吧。

排遣憂鬱的練習處方

當你感到頭腦混亂，不知如何抉擇而裹足不前，喪失行動力時，不妨暫時抽離片刻，做個樹式（Vrikshasana）吧！

將左腳著地踩穩後，右腳放在左小腿或大腿內側上，雙手向兩側平舉，或往上高舉過頭，在頭頂上方合掌。停留約五至十個呼吸後，換邊練習，可重複三個回合。

身體的平衡，即是內在平衡的展現。一顆猶疑不定、頻頻顫動的心是無法停留在樹式的。當你感覺快要倒下的時候，正視心底的恐懼，鼓勵自己：「這只是一個嘗試，不需要做得完美，也不可能一直都是完美的，但我願意試試看，不斷練習，一定會慢慢進步的。」

每個人都有弱點，接納自己的脆弱也是一種自信的展現。若是感到困難，可倚靠牆壁練習，感受牆面給予身體穩固的支撐。當你需要的時候，別忘了尋找能夠支撐你的人事物，很多孤獨無助的感受都是頭腦創造出來的，別只是躲起來哭泣，只要你願意，一定能找到幫助自己的方法。

樹式的平衡三要素：視線專注、意念集中、呼吸穩定，亦是我們面對生活的重要態度，將體位法給予的啟發融入生活當中，保持覺察、放鬆、有彈性地完成任務吧！

穿越瑜伽陰陽界

對於神奇的事物感到好奇是人類的天性，因此許多人會崇拜具有「特異功能」的人士，或是追求這些特殊的能力。然而能夠瞬間移動、隔空取物，或是以靈能替人治癒疾病，就是所謂的靈修大師嗎？

斯瓦米・拉瑪在《大師在喜馬拉雅山》（*Living with the Himalayan Masters: Spiritual Experiences of Swami Rama*）一書中寫道，少年時的他曾遇見一位能從口中噴火的斯瓦米，讓他欽佩不已，認為對方道行高深，於是想拜他為師。

拉瑪大師回去稟告師父，今天遇到一位噴火斯瓦米，對方功夫甚高，想另投師門，跟他學習。

他的師父很爽快地答應了，還想見見這位出家人。

於是，師徒二人來到噴火斯瓦米的住處，對方一見到拉瑪大師的師父，便立即拜倒在他師父跟前，原來這位斯瓦米是從他們寺院出去的，後來一直躲在深山中修練。

拉瑪大師的師父問噴火斯瓦米，這幾年待在這兒做了些什麼？他回答：「我學會了從口中噴出火來。」並當場表演這個本事，還很得意地表示，他練了二十年才成就此神通。

師父轉頭對拉瑪大師說：「一根火柴只要一秒鐘就能生出火來，如果你願意花二十年的工夫，只為了能從口中生出火來，你就是個傻瓜。孩子，這不是智慧。如果你要見真的大師，我可以告訴你去哪兒找他們。你自己去體驗。」

根據大師所言，「神通」是不可避免的修行過程。猶如天空的美麗彩虹，雨後勢必出現，象徵修行有成，但不可執著，否則等同落入魔障之中，不僅毫無益處，也容易迷失自我、不可自拔。

＊＊＊

帕坦加利（Patanjali）在《瑜伽經》也告訴我們修行真正的成就絕對不是神通，而是能夠擺脫五種煩惱（Klesa）：「無明」、「有我」、「貪戀」、「厭憎」、「死懼」，而達成開悟的境地，這才是修行的正道。

大修行人能夠秉持慈悲心運用神通的力量教導眾生。斯瓦米・拉瑪有個學生寫了一封信給他，同時也想當面問個問題，於是約在上師的公寓見面。

當學生抵達後，才發現把那封要給老師的信忘在家裡了，當他轉身想回家拿信時，拉瑪大師說：「不用、不用，你坐下！把你的手打開，然後往上看。」這位學生照做，竟見到那封信憑空出現，在空中飄浮，然後慢慢掉下來。

拉瑪大師問：「這就是你要找的信嗎？」學生大驚之下，結結巴巴地回答：「是的……上師，你能教我這是怎麼做到的嗎？」

上師只是大笑：「孩子啊，把你的呼吸覺知練好，其他的就一定會自然到來。」大師用神通教導學生，只要能深化呼吸覺知，一切水到渠成。而呼吸覺知在我們的心也有非常多的層次，若能依照自己的能力一層層地探索，所謂進階的瑜伽練習就會自動送上門來。但如果沒有準備好就刻意去做，在太過努力積極的狀態下，將會在身心創造壓力、障礙與傷害。

在我接觸瑜伽的短短十年間，也曾遇過一些學生，宣稱具有超自然能力，但在後來實際的相處過程中，他們是否真的具有「神通」已不是重點，帶給我的啟發才是最珍貴的。

＊＊＊

「菩薩」是個年約五十歲的女性，有頭稀薄短髮及丹鳳眼，膚色蠟黃，戴著一副圓框眼鏡，眼神銳利，對周遭的一切充滿警覺，或說是一種害怕被外人打攪的恐懼。日積月累的疲憊與失眠，讓她有著削瘦的身軀，以及厚重的黑眼圈。

她自稱靠著打坐便不需吃太多食物，已具有食氣的能力。長年在脖子與手腕上佩戴好幾串念珠，練習瑜伽時珠粒總會相互碰撞，發出清脆的聲響，但她說這些法器絕對不能離身，也不可被外人觸碰或暫時取下。

當我在課堂上初次遇到她時，她告訴我：「大家都叫我菩薩，妳也可以這麼叫我。」我十分彆扭地喊了一聲「菩薩」，雖然心裡有些不習慣，但想起許多佛教徒也會互相尊稱他人為「菩薩」，認為人人皆有佛性，個個都是佛，便也釋懷了。

為什麼「菩薩」要來練瑜伽呢？她說經常打坐卻缺乏運動，導致腰背疼痛，髖部膝蓋也不好，希望透過瑜伽舒緩身體不適，讓氣血循環變好。

菩薩講起話來振振有詞，頗具氣勢和威嚴，不過剛開始她在課後靠近我時，我總想藉故逃跑，不願與她有太多對話。因為她會給予我一長串的「開示」，而且不知是哪來的靈感：「老師，妳的上師剛剛跟我說，妳昨天晚上教課的時候講錯了一個口令，妳回想一下，是不是真的有錯？」

我搔著頭，怎麼想得起昨晚課程可能發生的微小失誤，只想趕快擺脫她，於是心中敷衍卻一臉認真地點頭：「對喔，好像真有這麼一回事，我說錯了，真是對上師太不好意思了。」

「我在靜坐時能夠感應到遠方的事物，一般人做不到，但我可以。」某次她幽幽飄到我身畔，露出神祕的笑容：「剛才靜坐時，我見到一團閃著橘色亮光的球體在妳住的地方飄盪，妳回家看一下那是什麼。」我一時語塞，只能點頭答應，但我家除了餐桌上的幾顆橘子之外，哪有什麼橘色的光球？

菩薩獨來獨往，不斷說著無法用常理解釋的話語，真假難辨。有幾次還跟其他學員爆發衝突，大概是講了些讓人不舒服的話，惹惱了別人，當然菩薩自己也很生氣，覺得大家踐踏她的一片好心。

菩薩週一到週五總會按時出現在課堂，瑜伽教室就是她的第二個家。她經常在早晨的第一堂課出現，上完便倒在大廳沙發上沉沉入睡，醒來再繼續上課。傍晚離開教室前會沐浴，從頭到腳慢慢洗，再塗抹一層厚厚的保養品，慢慢將頭髮吹乾後，直至夜幕低垂才打道回府。這個過程大致要花上兩個小時，但對於不用工作，擁有大把時間的菩薩來說，一點都不奢侈。

菩薩偶爾會找人攀談，但願意聽她說話的人並不多，同學們來去匆匆，沒有太多耐性，她多半是孤零零地待上一整天。

由於我的身分是老師，始終跟她保持禮貌性的距離，不主動接觸，若她想跟我說些什麼，我便微笑傾聽。但我知道自己對她的真實感受是充滿否定的，不喜歡她，也不想靠近她，這樣的心態有時會讓我感到矛盾、自責。做為一位老師不應該對於特定學生存有強烈的好惡，如果不喜歡對方，又該如何扮演好老師的角色呢？這跟我對自己的期許有所違背。

某天提早來教室，遇到櫃檯的行政人員陳姊，她從廚房取了一塊剛出爐的起酥蛋糕遞給我。年近五十的她有張和善的臉龐，善於調解會員與教室間的各種紛爭，彷彿只要有她在，一切衝突皆會消弭殆盡。陳姊是三個孩子的媽，不但在工作上精明幹練，還有無與倫比的耐心，很會照顧別人，館內學員及老師們都很喜歡她。

一次下班前，她正在處理幾個師資班學員中午多訂的便當，我問她：「妳要帶這些便當回家當晚餐嗎？」「不，等等騎車回家，順便送給路邊的遊民吃。」陳姊一邊將便當盒打開，一邊說，這麼冷的天，食物一定要加熱才美味，吃了身體才會暖和起來。而某次，又有數個便當待處理，陳姊卻堅持全部丟掉。我問她為何不跟之前一樣，蒸一蒸分送出去？「夏天太熱了，便當擺在外面這麼久，忘了冰起來。妳聞聞看，這些菜已經有點酸味，不能再吃了。遊民如果吃了，萬一拉肚子就糟了，他們根本沒錢看醫生，不能生病啊。」陳姊細心解釋完，我感動不已，這份真誠而不求回報的愛，真是活菩薩來著。

我們一起坐在大廳品嘗蛋糕，由於學員尚未到來，我便跟陳姊聊開了。她說今天菩薩不會來上課，要去療養院探望阿姨。

「妳跟菩薩很熟嗎？」我問陳姊。

「我看她每天在教室孤孤單單，又沒能按時吃飯，所以只要白天出去買食物，就會順便幫她帶一份，陪她吃吃飯，聊聊天。她一個人住在母親遺留下來的房子裡，無丈夫親戚照顧，也是個可憐人。」陳姊嘆了口氣。

我想到自己從未真心關懷她，見到她總是升起厭棄之心，感到十分慚愧：「陳姊，您才是真正的修行人啊。」

陳姊搖搖頭，揮揮手，豪爽地說：「沒事，舉手之勞。」接著，她跟我談起菩薩的故事。

菩薩曾經拿她母親的照片給陳姊看，相片中的女生留著一頭及腰長髮，穿著碎花小洋裝，長得眉清目秀。她母親出身小康家庭，還在台北念大學時，認識大她十五歲的父親，還未畢業就不小心懷孕了。

菩薩的生父非常有錢，家族的長輩是知名跨國企業集團的董事長，生性風流倜儻，雖然很早就娶妻生子，卻仍到處拈花惹草。當他發現菩薩的母親懷了小孩，便聲稱不喜歡孩子，要她趕快拿掉，並藉口工作忙碌、逐漸疏遠，久久才來看她一次。

菩薩母親的自尊心極強，性子無比倔強，得知真相後，當下就跟對方分手，誓言此生再也不見面，也不要他的任何一毛錢。她瞞著住在南部鄉下的父母休學生女，直至孩子落地，保守的雙親知道後，覺得丟臉至極、無法接受，氣憤難平之下，便跟未婚生子的女兒斷絕關係。一籌莫展之時，小她一歲已婚的妹妹及時伸出援手幫她帶孩子，讓她很快地找到工廠的差事，晚上兼做家庭代工，有了微薄的收入可餬口，算是暫時解決了燃眉之急。

菩薩在阿姨的照顧之下，一天天地長大了，她跟阿姨的相處時間遠勝於母親，感情也特別好。幾年後母親另嫁做人婦，這段婚姻中生養了兩個兒子，然而命中註定婚姻坎坷，先生有暴力傾向，婚後她每天都遭受毆打及精神虐待，就連就讀國小的菩薩也常遭受波及。長達七年的婚姻，沒有一天能逃離膽戰心驚的日子。

後來菩薩的母親在老公外遇後被動離婚了，精神上也開始出現狀況，整天酗酒澆愁、憂鬱哭泣，對於小孩們的需求完全置之不理，經常一個人坐在客廳發呆傻笑，或是對著空氣又哭又笑，大罵個不停。當時就讀高職的菩薩見狀，總是害怕地躲回房間，手指塞住耳朵，躲進棉被裡默默流淚。

幸而阿姨經常送錢與食物給他們，讓孩子們不至於挨餓，菩薩身為長女，一肩扛起照顧兩位弟弟的責任，為他們打理三餐、監督功課。

某天菩薩從學校回家，見到母親穿著睡衣趴臥在沙發上，臉色看起來特別蒼白，她立刻打電話跟阿姨求救。阿姨和姨丈驅車趕來，將母親緊急送往醫院，急診室的醫生判斷病人服用大量安眠藥自殺，由於斷氣已久，早已回天乏術。

母親留下簡短的遺書，並將名下的公寓留給菩薩，其他財產則歸給弟弟們做為學費和生活基金。然而菩薩始終愧疚不已，覺得媽媽的死是她的錯……後來，同母異父的弟弟們分別被不同的親戚領養回家，菩薩則在阿姨的安排下住進學校的宿舍裡。她思念母親，每天以淚洗面、夜不成眠，完全無法正常生活。

半年之後，菩薩開始聽到有人跟她說話。當她開口回應時，只聞其聲、不見其人的聲音還會回應她，有時還會見到母親穿著生前的衣服，在宿舍的走廊晃來晃去，但當菩薩衝到媽媽面前想要擁抱她時，卻見對方眼神渙散，即使與她對望，也好像看不見她。當她再趨前一步，張開雙臂，抱到的卻只有空氣，什麼都沒有。

她開始在課堂上自言自語，成績一落千丈，學校的輔導老師帶她去看精神科醫生，診斷結果是思覺失調症，必須長期服藥治療，但菩薩始終認為自己沒病，不需要服藥。即使阿姨每週都到校載她去醫院看病，她仍一聲不響地將所有的藥扔到垃圾桶裡，如此才能在幻覺中繼續跟母親重逢。

某天她行經市區的一座寺院，聽聞悠揚的梵唄佛曲之聲，感動莫名，走進廟中，在佛祖跟前跪了下來，淚流滿面。此後她每天都前來寺裡參拜、聽法，有時也跟著做早晚課。不久之後，一位師父知曉她坎坷的身世，特別照顧她，還教她每日誦讀《心經》、《金剛經》，並吩咐廚房供應她足夠的餐食。

菩薩對佛法很感興趣，也學得很快，一年後決定出家。於是在這位師父的介紹下，前往另一間位於深山中的寺院正式剃髮為尼。

菩薩出家後不久便後悔了，因為她實在無法適應僧伽的團體生活。從前作息散漫，剃度後卻要暮鼓晨鐘，三點半起床，直到晚上九點半才能休息，同修們頗能藉此修身養性，她卻始終心如亂麻，打坐時身心仍狂亂跳動不定。菩薩的精神愈來愈緊繃，原本出家前的那一段時日，幻聽、幻視的情況幾乎消失，此時卻再度出現了。她常在共修場合出現種種脫序行為，大吼大叫，情緒也經常崩潰，住持應付不來，只好聯絡阿姨將她帶回家休養。如此往返數次，終於在兩年後，菩薩決定還俗，重拾在家人的身分。

某天夜裡靜坐時，她在幻境中見到自己是某位菩薩轉世，「上面的」聲音告訴她要救渡眾生、脫離苦海，賜予她磅礴神力，於是便開始要身旁的人喚她「菩薩」。

＊＊＊

「不過菩薩始終不認為自己有病，她說，雖然一般人看不到、聽不到那些東西，但不見得就是不存在啊！我聽了覺得滿有道理的，到底什麼是有病，什麼是正常，經她這麼一說，我也困惑起來了。」陳姊笑說，她從未將菩薩當成「病人」，而是將她看作一般的學員或是朋友，坦誠相待。

「妳的態度很正面，確實應該這麼做，每個人的背後都有許多故事，一切都要寬容以對，謝謝妳幫我上了一課。」我微笑合掌，感謝陳姊的分享。

＊＊＊

後來當菩薩再來上課時，我打從心底改變了態度，即使她講出一些讓人不太能理解的話語，我也都耐著性子傾聽。不一定要接受，但也毋須評論，就只是安靜聆聽，並給予真誠的關懷。慢慢地，我們竟也能開始聊一些「正常」的話題了。

「我最近去療養院看我阿姨，她還是沒有意識，身體也動彈不得。每次看她這樣，我就想一定要好好照顧身體、多運動，要是整天只能躺在病床上，真是受罪。」菩薩感慨地說。

「這也是妳努力練瑜伽的原因之一嗎？」我問。

菩薩點頭道：「對啊，自從練習瑜伽之後，我的心平靜很多，打坐時比較不會被那些靈體擾亂，氣動的狀況也減少了。」

我跟她分享瑜伽大師斯瓦米・韋達（Swami Veda）提到在靜坐的時候，身子的外在可能會呈現盜汗、不由自主的動和靜止三種情形。前兩種情形可能是由於心念還不能清淨下來，或者是內氣不調和，也有可能是因為這個皮囊身還沒有準備好，能量超過了負荷，而我們期待要達到的應該是第三種情形。因此大師說，靜坐時不要自問：「我動了嗎？」要問：「我有靜下來嗎？」修行應要體驗的是和諧層面帶來的靜，而不是那來自躁動層面、不受控制的動。

菩薩聽了點頭如搗蒜，告訴我，她的師父也是這麼說的，只是還未能真正體會到。「不管是靜坐還是做體位法的時候，不要執著於感官所向外抓取的一切，就像看電影一樣，當你看過了、聽見了，也感受了，就要馬上放掉。如果分神去鑽研、探索，心就會被帶走。當你發現走神了，應要立即回到當下，繼續練習。」當我說出這一席話時，有些吃驚，因為最近我也常有分心的問題，靜坐到一半就被許多念頭帶走了，透過與菩薩的對話，也再次提醒自己練習的重點。

菩薩很有感觸地說：「依我看來，瑜伽的體位法就是動禪，跟打坐是一樣的，雖然一直在動，但動中有靜。」

我微笑表示贊同，繼續跟她聊起韋達大師闡述的體位法跟打坐之間的關係：「當你躺下來大休息時，要像是一具屍體，全然放鬆，就能帶你進入靜坐的境地。而藉由身體的練習帶來深沉的呼吸，讓我們能控制生命能，也就是氣，從而導引你進入禪定。此外，當你擺出某個姿勢保持不動，不斷提醒自己的猴子心不要掙扎，最後慢慢靜止下來，心終於能安住在動作之中，這也是通往靜坐的道路。」

認識菩薩一年半以來，從沒想過有一天跟她會有這樣的深度交流，雖然她偶爾還是會跟我提到那些「幻象」，但我也能沉著應對，不再大驚小怪了。可見只要敞開心胸，便能與任何人教學相長啊。

***

除了菩薩之外，葳葳也是個穿梭陰陽界的學員。年約三十五的她原本是個平凡的上班族，每天朝九晚五，生活規律，但特別的是，她與妹妹、母親及阿嬤這一脈親人，天生都具有陰陽眼，可替人收驚問事。阿嬤在新北市郊區擁有一棟透天厝，一樓就是神壇。外觀看起來像是一般民宅，沒有招牌，毫無特殊之處，但每晚七點總有信徒扶老攜幼在門前排隊等待，可說是遠近馳名、相當靈驗。

母親和阿嬤體恤她跟妹妹上班辛苦，常催促女兒早點休息，不用操煩家裡的事，但這幾年阿嬤的身體愈來愈差，經常生病住院。為了應付川流不息的信徒，她自願幫忙母親，扛起「仙姑」的重責。承接這份「家族事業」後，這才體會到替人收驚實在很消耗能量，每天深夜結束後總會全身癱軟，疲憊無力地倒在床上秒睡，連梳洗更衣的力氣都沒有。

「那陣子我好像吸收太多他人的能量，因此經常生病，差點要辭職休養。好在跟同事一起上了瑜伽課，哇，上完整個人神清氣爽，好像身心都被清理了一番。」葳葳說，領教了瑜伽的好處後，她展開密集的練習，在教室揮灑汗水，鍛鍊體魄，同時調息靜心，這才逐漸恢復健康。

我告訴葳葳，當我在帶領一堂瑜伽課或靜坐前，都會在心中畫三道光圈，將自己和在場的學員包圍在光環之中。這樣的「結界」便能保護我們在練習時不受任何干擾，同時找到呼吸的覺知，穩定自己並強化與在場學員的連結，或許她在替人收驚前也可以試試看。

葳葳很愉快地點點頭：「原來瑜伽也有這樣的方法，在幫助別人的時候，確實也要保護自己，這真的很重要，不然兩邊都顧不好。」

＊＊＊

某次下課閒聊，我很好奇地問她：「妳何時知道自己具有特殊體質？」

葳葳說，第一次發現自己有這種能力是在外公過世前，那時她才五歲。某天晚上葳葳睡到一半驚醒，睡眼惺忪的她見到外公飄浮在天花板上跟她說：「ㄚ頭，我要到天堂去了，不要怕，我會在天上一直陪著妳。」葳葳聽了大哭起來，驚醒身畔的母親。她一把鼻涕、一把眼淚地泣訴外公和她告別了，此時家中電話正好響起，母親接起後，得知葳葳外公在醫院過世的消息，難過得抱著女兒痛哭失聲。

「那時我就知道自己有陰陽眼，只是分辨不出來哪些是一般人看得見的，哪些是看不見的，以為大家都跟我一樣。」葳葳說。

「妳會害怕嗎？」我問。

葳葳大笑道：「有什麼好怕的？人比鬼更可怕，能搞出更嚇人的事。」

我點頭，忍不住好奇地問：「無論是誰去世了，妳都看得到嗎？」

「並不是每個靈體都能看到，我猜有些靈體不想現身讓我看到，我便看不到。我念大學時，最好的朋友謹在海邊溺斃，我很傷心，每天都呼喚謹，常常搭公車到她喪生的海灘徘徊，希望能再見她一面，卻始終看不到她。」她的話語中透露著滿腔遺憾。

雖然沒能與過世的好友重逢，她卻用收驚的方式，每天幫助各式各樣的人回歸平靜，其中包括啼哭不止的嬰兒、噩夢連連的孩童及憂鬱纏身的大人。當他們面對人生難題手足無措、仆跌在地，或是遭受各種病痛無藥可治，葳葳便利用神祕的儀式來治療人們的心神不寧。

「收驚真的有用嗎？」我問她。

「信者恆信，信的力量是很大的，如果不信大概也就不會來了。」葳葳停頓了一下又說：「當我手中拿著一大把香，口中唸著咒語，一邊結著手印，他們就會感受到療癒的力量，不只仰賴神明保佑，而是信徒對自我的信心。在儀式中得到安慰的不只是當事人，還有身邊一起參與儀式的家人。有時只要心安了，事情的轉機就出現了。」

葳葳也常會親切地跟信徒聊一聊，她說，有些人覺得收驚是迷信，一點都不科學，但實際上它是另類的「心理治療」。因為當人遇到困難時，能夠為自己或家人做點事來改善現況，或者有個抒發的管道，並藉由信仰提供心靈上的支持，就有力量倚仗能度過難關。

「剛開始我很希望能治好他們，但後來阿嬤跟我說，我們只是個管道而已，治療他們的並不是我，而是宇宙偉大的療癒力。高層次的力量就像是母親一樣，我們都是嗷嗷待哺的孩子，當世間萬物生病、受傷了，一定會得到老天爺的眷顧，這就是大自然的法則。」葳葳轉述來自長輩的智慧話語。

這半年為了照顧身體不適的母親和阿嬤，她從全職的上班族轉為兼職，並且跟妹妹一起負責家裡的收驚工作。某天上課前她十分疲憊地告訴我，前幾天碰到一個身體狀況很差的阿伯，剛好她這幾天有些輕微感冒，原本就有些體虛，幫他收驚後，整個人動彈不得，待阿伯離開後，還衝到廁所嘔吐半天，接著整夜高燒，直到今天早晨才稍加好轉。

葳葳的臉色頗為蒼白，說起話來中氣不足：「這兩年已經很少出現這種狀況了，所以想趕快來做點瑜伽，看看會不會好一點。」

整堂課葳葳都氣喘吁吁，感受得到她身體的緊繃，體力也尚未恢復，大休息時還聽見她細微的鼾聲。

課後她告訴我，感到通體舒暢，「卡住」的感覺一掃而空。「有時我會過度努力想幫信徒解決問題，但太過專注他們的問題的時候，就會失去界線，很快就會感到身體不舒服。」葳葳說。

「瑜伽老師也會遇到這種問題，我們每天接觸到很多學員，帶著各自的情緒及渴望來到教室裡，如果太過想幫他們解決問題，就會很快地生病或者精疲力竭。」說完之後，我驀然感到瑜伽老師跟仙姑好像也沒太大差別，學生也常跟我「問事」，傾訴各種身心問題與人生困境，期待能得到慰藉或解答。

葳葳很同意：「是啊，當仙姑或瑜伽老師都很不容易，每天都要回應很多人的需求，所以更是要把自己照顧好。」

談到這裡，我突然想起之前參加瑜伽研習時，有位學生問起師生之間的相處之道，阿修老師是這麼說的：「做為一位瑜珈老師，你只需要點燃他們心中的火光，讓他們深刻自省，如此他們才能真正開始為自己的生命負責，勇敢走自己的路。你不需要去解決學生的問題。如果你嘗試解決學生的問題，就等於是在干涉生命之母跟這位學生的關係。你自己本來就有很多問題要解決，毋須去干涉別人的問題。」

我接著跟葳葳解釋：「或許跟療癒扯上關係的引導者都是一樣的，雖然所用的方法不同，但大致上只能陪伴並喚醒他們自身的力量，無法代替他們解決問題，如果不能認清這一點，就會吸收、承擔許多壓力，這是非常不健康的。」

「我的確很在乎信徒覺得我的協助有用或者沒用，如果他們一點感覺也沒有，或是每次來狀況都很差，沒什麼改善，我就會很難過。」葳葳嘆了口氣。

我望著葳葳，想起她的阿嬤曾說過，仙姑只是個「管道」：「就像妳阿嬤說的，天公伯才是大老闆，我們都只是工具人而已。有時我帶學生練習，他們也會有沒感覺的時候，或者練了半天，身心問題依然未能解決，但我已經盡力了，其他的就是他們的功課，不是我的。或許也是時機尚未成熟，不能著急。我不需要愧疚或扛起他們的問題，必須弄清界線，才不會消耗彼此過多的力氣。」

「不是我的，不是我的。」葳葳喃喃複誦這句話，想了半晌，才抬起頭微笑說：「沒錯，沒有誰能真正拯救另一個人。是我把自己想得太偉大、太重要了，得先來好好拯救自己才行，等等馬上到櫃檯預約明天的瑜伽課。」

＊＊＊

接下來的幾個月，葳葳仍維持規律的練習，這個期間發生了一件無法解釋的奇妙事件。那天她來上的是放鬆伸展的課程，最後我會引導大家在躺臥靜止的狀態中，利用十五分鐘的大休息掃描全身，然後做三十一個星光點的瑜伽睡眠（Yoga Nidra）預備練習。

這項練習期待的是在過程中保持全然的放鬆與覺知，也就是不能睡著，但對於過度疲勞的一般人來說，實在太困難了，常常帶領十分鐘後，現場鼾聲雷動，沒有幾個人是醒著的。

有些人甚至還會睡到做夢，有一回還有個常常請假的學員告訴我：「老師，我剛剛大休息時夢到妳。我睡在床上，妳把我搖醒，然後瞪著我說：『你已經很久沒來上瑜伽課了！』」另一位同學則說：「席夢思名床絕對比不上瑜伽墊，實在太好睡了。不過前陣子我一直失眠，把瑜伽墊鋪在家裡房間地板躺下去，但卻好像失去效果，還是一樣睡不著。」因此她歸結，只有教室裡的墊子有好睡的效果，要睡，一定要來教室睡。

其實能夠睡著的關鍵，還是在於身體及意識狀態終於放鬆了，控制身與心的訓練絕對是瑜伽的強項。由於「深眠」跟開悟的狀態非常相近，因此瑜伽士透過瑜伽睡眠超越醒、夢、眠三種狀態，清醒地進入深眠，而後來到第四狀態——圖瑞亞（Turiya），也是最接近初階三摩地的狀態，這又是另一個層次了。

葳葳在那堂下課後並未立刻起身，待全班都離開後，才坐起來，眼眶泛淚地告訴我：「剛剛我夢見謹了，我大學時代最好的朋友。說不上來到底是夢見她，還是清醒地見到她，總之剛剛她來了，告訴我她現在很好、很快樂，要我好好照顧自己，未來其他的時空一定會再度相會的。」

望著葳葳滿足的神情，我也打從心底微笑起來，真沒想到她會是在這樣的場合與摯友重逢。

瑜伽將一切都連結在一起，透過練習撫平生命的陰晴圓缺，卸下哀戚，走過千山萬水，但願能夠了無遺憾。

釋放疲勞的練習處方

無論是身體或心理的勞累，最迫切需要的就是放鬆，而瑜伽體式中最能幫助釋放壓力的姿勢就是「攤屍式」（Shavasana）。

首先，請找到一個安靜不受打攪的地方，或是在瑜伽墊上躺下來，如若需要枕頭或毛毯也先準備好。然後將四肢攤平，掌心朝上，雙腳外八，打開比臀部稍寬的距離。接著閉上眼睛，藉由感受呼吸的流動，試著將注意力從外在帶回內在世界。

依序從頭到腳放鬆身體，每個部位可停留三到五個呼吸：額頭、臉部肌肉、脖子、肩膀、手臂、手掌、手指、手掌、手臂、肩膀、胸口、心窩、胃部、腹部、骨盆腔、髖關節、大腿、膝蓋、小腿、雙腳。

緊接著，再從腳到頭感受身體：雙腳、小腿、膝蓋、大腿、髖關節、骨盆腔、腹部、胃部、心窩、胸口、肩膀、手臂、手掌、手指、手掌、手臂、肩膀、脖子、臉部肌肉、額頭。

最後請你成為一個觀察者，放下控制，只是安靜地看著自己放鬆又愉悅地呼吸。

保持醒覺、專注而放鬆的狀態，在呼吸之間盡情享受大休息的美好時光。

瑜伽班長

「大肉」是我在台北某科技公司任教瑜伽課的一位男學員，因為個性活潑豪爽，總是主動幫忙聯繫老師及處理收費事宜，因此被大家暱稱為「瑜伽班長」。

我是在瑜伽會館認識大肉的，後來他們公司的福委會徵求午間瑜伽老師，他便替我牽線來到這間公司，每週帶領他們做一個小時的瑜伽。

大肉原本很福相，外型近似既胖又壯的相撲選手，然而這幾年透過規律運動，包括跑步、瑜伽和重訓，加上飲食控制，才漸漸瘦了下來。最近還在思考是否應更改綽號為「小肉」。

大肉跟瑜伽的緣分始於多年前跟朋友一起上健身房，滿身贅肉的他想要瘦身，於是買了一對一教練課展開積極鍛鍊。每當結束訓練後，大汗淋漓地走向淋浴間，途經韻律教室，總會透過玻璃窗瞥見一群正在上瑜伽課的學員，跟隨台上穿著緊身衣，身材勻稱有致的女老師不斷「拉扯」身體，擺出各式各樣看起來「很痛」、「很難」、「不舒服」的姿勢。

「當時我不懂瑜伽，真的覺得瑜伽很奇怪，怎會有人喜歡這種運動？」大肉笑著說。當時他們幾個喜歡健身的朋友，對於瑜伽一竅不通，因此有個共同的刻板印象，就是男人練瑜伽很「娘砲」，一點都不man，這種女生做的運動是他們絕對不可能嘗試的。

大肉就這麼在健身房待了一年半，依舊每週都經過韻律教室，向內一瞥瑜伽課的情景，再速速沖澡準備回公司上班。有時他練得比較久，走過韻律教室時，瑜伽課已近尾聲，老師正在引導學員靜坐：「那時真的覺得超怪，瑜伽不是運動嗎？不是就要一直動，讓身體強壯嗎？不然就是要拉筋，讓柔軟度變好。我不懂瑜伽課幹嘛要靜坐，坐在那邊有什麼用？又不是廟裡的和尚。」然而這些旁觀的好奇與困惑，卻成為他接觸瑜伽的種子，不斷累積，靜待發芽的時刻。

＊＊＊

某天上班前他來一對一的教練課，櫃檯卻告知教練昨夜上吐下瀉、身體不適，是故臨時請假。於是大肉想，既然人都來了，衣服也換好了，而且十點才要進公司，那就進去上一堂晨間瑜伽，多少動一動也好。

生平第一次踏進瑜伽課堂，大肉在靠近門口的角落鋪好墊子，帶著些許期待的心情坐在地上等候。但當他環顧四周全都是看起來身段柔軟的女性，正在嘰嘰喳喳地談天說地，教室有如菜市場般嘈雜不已。驀然發覺現場僅有他一個男生，不禁緊張起來，感覺自己是個異類，有點後悔貿然跑進來。

正想默默開溜時，老師卻走進教室關上門，站上舞台，準備開始上課了。

大肉在心中迅速評估，若是此時逃走，可能會更加顯眼，只好硬著頭皮站上墊子，跟隨老師暖身。他的關節猶如許久未上油的機械喀喀作響，緊繃的肌肉在伸展中疼痛不堪，似乎禁不起任何輕微的拉扯。即使平常有運動習慣，卻仍手忙腳亂，左右不分，搞不清頭手腳究竟在哪裡，拖著又緊又硬的身子忙碌不已，好幾次抓不到平衡，還差點跌倒。

「真的超丟臉的！男人練瑜伽最困難的就是面子問題，在一群女人面前覺得自己像個小癟三，如果還被老師當場點名，在全班女生眾目睽睽的注視下丟人現眼，大概之後就不可能再來了。」好在當時那堂課的老師很體貼，只會偶爾安靜地飄到他身邊幫忙調整姿勢，絕大多數的時間都放任他在牆邊慢慢摸索，讓他覺得一個小時還不至於太難熬。

「雖然過程很辛苦，但最後大休息時，我第一次知道什麼叫作放鬆，不斷在心中大喊，天啊，天啊，耶耶耶，我放鬆了，這才是放鬆嘛，我的天啊，我終於可以放鬆了！」大肉瞇著眼，一個大男人陶醉在回憶中，發表無厘頭的上課感言的模樣很逗趣，讓我不禁笑出聲來。

「後來又陸續上了幾堂課，雖然練習很累，流下的汗水也不會比健身少，但每次大休息時都好舒服，我幾乎是為了大休息而去上瑜伽課！」當大肉下課回公司之後，整個人神清氣爽，開會時心情也比較穩定，不會動不動就覺得同事又豬又笨、令人惱火。

大肉發現瑜伽對男人的好處，於是展開規律練習，卻也適逢工作上的變動。考量諸多因素之後，決定在兩個月後離職，並無縫接軌台北的新工作，搬離高雄老家，正式成為北漂一族。

來到台北之後，為了努力適應新生活，大肉更加忙碌了，幾乎沒時間運動。每天都得忍受超長工時的摧殘，上班時間忙得食不下嚥、滴水不進，直至九點下班才饑腸轆轆，約了朋友就開始狂吃。滷味鹽酥雞珍奶炸物燒烤麻辣鍋樣樣都來，消夜竟成為一天當中吃得最多的一餐，餓得連想稍微忌口，維持健康飲食都無法了。

一年過去了，原本好不容易減下的體重又再度回升，甚至飆破從前的「最高紀錄」。從那時他便染上了胃痛的毛病，吃飽了無法即刻上床睡覺，發脹的胃撐得好不舒服，翻來覆去睡不著，腦中盤旋著推積如山的待辦事項，常常到了半夜三點才淺淺睡去，但睡不到幾個小時，又要起床上班了。

「每天七點鬧鐘響起時，就是我一天當中最痛苦的時刻。」在飲食與失眠的惡性循環之下，大肉的脾氣愈來愈暴躁，跟同居女朋友吵架的次數也愈趨頻繁。但大吵之後，他又會陷入深深憂鬱，覺得不應該隨便對女友大小聲，為了一些小事發怒。

來到台北滿兩年後，大肉終於受不了這樣的生活而離職，想先休養一段時間，再另覓新工作。然而不久之後，他偶然間發覺女友竟然劈腿自己最要好的高中死黨，兩人在LINE裡情話綿綿，還相約週末一同出遊。他不動聲色地觀察幾天，等到週六女友出門後，大肉尾隨他到捷運站，親眼目睹死黨跟女友親密摟腰牽手、有說有笑，一同進站搭車。

大肉大受打擊，像隻喪家之犬般地躺在床上不吃不喝一整天。待晚間女友回來，他當面質問女友，女方卻支支吾吾說不出話來，默認了一切，於是當晚大肉便快刀斬斷這段感情，收拾行囊去住朋友家。

由於當時同居的套房是由大肉一人支付全額房租，理所當然是由女方搬出。等她尋覓到新住所，大肉便藉故出門，方便前女友收拾搬家。當晚他獨自在台北街頭漫無目標地穿梭，秋風颯颯，心境無比淒涼，工作和感情同時觸礁，突然變得一無所有，不知未來該何去何從。

但這也是大肉人生中最具戲劇性的時刻之一，當他忍住滿腔淚水，魂不守舍地四處遊晃時，一陣尖銳的喇叭聲讓彷彿在夢遊的他驀然驚醒，一輛高速飛馳的機車擦身而過，差點撞上他。強光射入雙眸感到一陣暈眩後，他定神睜眼，望向車水馬龍的大馬路，接著瞥見對街瑜伽會館的偌大招牌，好似強力磁鐵一般，讓他忍不住過街搭上電梯，走進教室，上了一堂體驗課。

那堂瑜伽課究竟上了什麼，大肉也不記得了，但這卻讓他嚮往練習的心重新復甦，猶如堅硬的種子終於冒出綠芽。

課後他毫不猶豫地刷了三萬元，成為會館的不限堂數會員。「幸好當時見到的是瑜伽會館，如果是在林森北路，我大概也會隨便走進一家店刷三萬元，但命運就完全不同了。」大肉開玩笑地說。

於是失戀後的大肉重新回到瑜伽墊上，我也剛好在那間瑜伽教室任教，不久便在課堂上遇見他。

＊＊＊

暫別職場的大肉，將瑜伽做為生活重心，每天早上準時到會館報到，因為住得近，如若有空的話，傍晚還會再來上一堂課。他仍舊喜歡靠近門邊角落的位置，總是第一個進教室準備，幫忙開電燈和空調，也會貼心地幫忙老師拿瑜伽磚、枕頭及毯子。

初見他時，只覺得大肉真是個笑起來很陽光的大個頭暖男，完全猜不到他剛失戀不久。他的身體僵硬，心肺功能也很差，看得出來很久沒運動了，常常做不到幾個動作就氣喘吁吁，不斷拿毛巾拭汗，顯得吃力不已。

當大肉躺下大休息時，總是睡到不省人事，幾次睡到下課後，清潔大姊將教室打掃完畢了，他還在呼呼大睡，怎麼搖都搖不醒，最後只好請櫃檯人員協助喚醒他。「之前上班睡得太少，我是在彌補這兩年所欠缺的睡眠。」剛剛清醒的他揉揉眼睛，伸個懶腰，看起來非常享受。

早上來上瑜伽課的大都是家庭主婦，以及上晚班的上班族，在大多數的課堂中，依然只有大肉一個男學員。他的練習頻率密集而規律，因此進步得非常快，三個月便瘦了許多，氣色也變好了。

某次我笑著說他瘦了，問他有沒有感受到身心的變化，他很高興地說：「體力愈來愈好了，練了一個小時也不怎麼累。最近還有一個很神奇的感覺，就是以前練習時，我很怕表現不好會被別人笑，很在意有沒有人在看我，但這幾次上課太投入了，都忘記注意別人，好像教室只有我一個人。」

「沒有人會笑你的，大家練習的時候都很忙，除了老師之外，沒人有時間去管別人，而且你有發現，從頭到尾，真正批評你的人是自己，而不是別人嗎？」我問他。

大肉愣住了，想了一下說：「那倒是，我從沒想過這個問題。我天生就胖，身體又僵硬，上瑜伽課時很沒自信，又不如女同學柔軟。不過還真的沒有人批評過我做不好，確實都是我的內在小劇場。」

「那些聲音是從哪裡來的呢？」我繼續問。

大肉又發呆片刻，然後嘆口氣：「大概是從小爸媽總嫌我胖，老要我運動、減肥，老師、同學、朋友也常拿我的身材來開玩笑，讓我很不能接受這個身體。後來乾脆自稱大肉，以為幽默感可以化解一切，也就是率先承認自己胖，別人也就無可批判了，但其實我還是介意的。」

「但你的身體真的有這麼不好嗎？」望著苦笑的大肉，我繼續說：「在我看來，你已經開始接納自己了，做瑜伽的時候，你的心、呼吸與身體合力完成每一個動作，然後躺下大休息時，也愈來愈能放鬆，你的身體真是愈來愈好用了！」

大肉點頭同意：「是啊，而且肥肉也愈來愈少了，練瑜伽時真是很好用、很配合。」他笑著摸摸自己圓滾滾的小腹。

「我以前也很不能接受自己，想要變成心目中另一個理想的樣子，但後來我才知道，只有做自己才能真正快樂，獲得自信，不用硬是換上另一雙漂亮卻不合腳的鞋子。練瑜伽也是這樣的，做適合自己的瑜伽，不穿別人的鞋子，不勉強，也不用跟任何人比較，在墊子上才能平靜下來，練習也才能長久。」我有感而發地跟大肉分享。

大肉再度露出暖陽般的笑容，望著他踏著輕快腳步離開的背影，我對他更有信心了，他一定會找到屬於自己的一片天空。

＊＊＊

休息約莫八個月後，大肉的身心恢復健康，還交到一位在餐廳工作的新女友，同時也應徵上新工作。很有趣的是，他的老闆剛好也是一位瑜伽愛好者，同時喜愛禪修。在面試時，老闆問他有什麼興趣，他回答練瑜伽，頭家瞬間對他好感倍增，於是這兩位瑜伽男一拍即合，不但打開話匣子大聊練習心得，還相約以後下班後要一起去做瑜伽。

有幾次大肉帶著老闆來上我的課，他看起來很年輕，約莫四十出頭，理著整齊的平頭，穿著純白短T及緊身黑褲，皮膚光滑白皙，但實際上早已年逾五十了。這位老闆散發著謙和、安靜的氣質，身段也十分柔軟，雖然他自謙說斷斷續續練習幾年，但實際上是位潛心修練多時的資深練習者。

當大肉到職三個月後，老闆贊助一筆經費，讓他成立瑜伽社，方便同仁不用出公司，就能在中午伸展放鬆一下，醒醒腦，有助於工作效率。於是大肉邀請我到他們公司任教。

每到上課當天，幾位壯丁會自動前來會議室搬桌椅、打掃，挪出足夠的空間。接著拉上窗簾、調好燈光並打開冷氣，再鋪上瑜伽墊後，就成為他們寬敞舒適的瑜伽教室。

這間公司的同仁以男性居多，因此課堂難得呈現「陽盛陰衰」的狀況，其中有好幾期是「男子專屬瑜伽班」，完全沒有女性加入。

許多排斥瑜伽的大男生在大肉好說歹說之下，抱著姑且一試的懷疑心理來試上，其中大多數都留了下來。

男人們擠在一起做瑜伽的畫面很有趣，無論再簡單的動作都有人大聲哀號，有時互虧互嘲、吵吵鬧鬧，跟一群菜市場的歐巴桑沒有兩樣。每個人的身體都很僵硬，程度半斤八兩，因此也不用擔心做不好、沒面子，倒是同事們一起上課，能夠互相鼓勵，又不用離開辦公室，讓這些男士們堅持了好長一段時間。

「老師，不要操我們！我們來上瑜伽課，都是為了大休息。」這個班的「創始社員」志傑在上課前躺在墊子上，瞇著眼向我打招呼。

「這麼累？昨晚沒睡好嗎？」男子瑜伽班最大的宗旨便是伸展及放鬆，一般來說，我不會讓中午公司課的學員太累，因為他們還有半天的班要上，而且中午上課必須空腹，得延後用餐，顧慮他們血糖太低覺得頭暈。雖然時間很擠，只有一個小時，又卡在忙碌的上班時間，但每週一次的伸展實在太重要了。

「有做瑜伽的當天晚上睡得最好，再來每過一天就差一點，昨晚趕報告忙到半夜，又睡不好了。」志傑打了個哈欠抱怨著。

「我當時拉志傑來上課，他還說不想來，說瑜伽是娘們的運動，結果現在都快變成副班長了。」大肉得意洋洋地說。

「我來上課就是為了等大休息，光明正大在上班時間躺著睡覺啊！」志傑嘻笑著坐起身來，準備上課。

＊＊＊

我也教這群男生簡單的靜坐，出乎意料之外，他們的接受度很高，其中包括大肉在內的幾位同學也開始嘗試在睡前靜坐。

「跑業務工作壓力大，當我回家後又強烈地想要大吃大喝，跟從前一樣糟蹋身體的時候，就會延長晚上的靜坐時間。坐完後，想靠食物來發洩壓力的感覺就消失了，很平靜，最多吃幾口水果或蘇打餅乾就很滿足了。」大肉訴說時，我想起他剛來做瑜伽時的身材，默默慶幸他終於把練習帶入生活中了。

他接著補充：「不過我還是很愛吃甜點，這是我人生不可或缺的美食，但我會去買精緻、分量少的法式甜點，偶爾還是要享受一下。」

我稱讚他做得很好：「壓力永遠都無法真正避免，只要活著就有壓力，上班有上班的壓力，不上班也有不上班的壓力，即使無所事事躺在家裡，也還是會有壓力。但當壓力來臨時，要好好運用瑜伽這個工具去面對壓力，讓壓力在身心不留下痕跡。」

志傑聽了對大肉笑道：「我呢，常常看別人不順眼，每件事都想批評一下，不過最近發現，當我想批判別人的時候，就會咬緊牙關、心跳加速，有時還會發覺身體變緊，那時我會想到瑜伽課的呼吸練習，重新把注意力放在呼吸，暫時抽離一下，有些不好聽的話就不會說出口而得罪人了，這個方法不錯。」

我豎起大拇指：「呼吸的確很重要，也會影響我們的大腦和意識狀態，無論是做瑜伽時，或是日常生活中，只要能掌握呼吸就能穩定自己的心。志傑雖然還不會把腳掛到脖子上，但你已經學會觀察自己的呼吸和情緒了，這真的很不容易。」看來這些男士們都頗有心得，也是真正的瑜伽練習者。

＊＊＊

某年冬天我去印度北部的瑜伽學院進修，大肉知道了，便詢問我細節，表示十分嚮往到瑜伽的發源地走一趟。

我原本以為他的工作忙碌，很難請長假，然而他的老闆知道了，二話不說，立即准他十天的假，於是該年的十月，他終於踏上夢想的旅程。

來到學院之後，第一件事就是睡：「我睡了整整一天一夜，除了勉強爬起來吃一餐，幾乎沒法離開床鋪。」在昏沉的睡眠當中，他意識到自己平時有多累，即使常透過瑜伽和靜坐放鬆身心，仍無意識地積累許多壓力。

大肉繼續分享當時的新發現：「某天傍晚在靜坐時，我發覺那個當下，根本不用做任何工作，心裡卻還在擔心工作上的事。這是一種既定模式，即使沒有外在刺激，但還是要找些事來擔心才覺得舒服，雖然這個時空可以讓我暫時放下，好好休息，卻還是放不下，真的很怪。」

我哈哈大笑：「不怪不怪，大家都是這樣的，我也不例外，所以才需要練習。」

他接著又說：「當我終於睡飽了的那天，清晨做著哈達瑜伽（Hatha Yoga），發現身體變得很柔軟，從來都沒這麼柔軟過，好像不是我的身體。那一天的靜坐狀況也非常好，靜定又放鬆，我的靈魂好像住進另一個身體，一切都不屬於原本沉重混亂的我，非常奇特。」正當大肉感到困惑之際，在靜坐時聽見腦中闖入的聲音：「這不是你的，不是你的。」他即刻淚流滿面，皤然領悟，頓時放下諸多執念，並衷心感謝某種來自更高層次力量的教導，這也是他第一次從心感受跟傳承上師之間的連結。

「從那時開始，我才比較知道靜坐是怎麼一回事，即使以前有練習過，但從未真正入門。唉，人真的不能太驕傲，以為自己什麼都知道。」大肉感嘆地說。

「不是我的，不是我的。」我低聲複誦。是啊，這世間的一切都不是我的，無論對錯好壞、有形無形的體驗與事物，都不是「我」的。在變化無常的人生當中，我，只是一個過客，同時也是一個管道，讓所有的經驗隨著當下的因緣奔流而過，卻什麼都留不住。但最終這一切都不是我的，花開花落自有時，如夢一場，再美的夢最終都將醒覺——別再以為一切都是我的，而自尋煩惱了。

＊＊＊

經過印度學院的洗禮後，大肉也告訴我，在台灣比較難深入接觸瑜伽的完整面向，以為瑜伽只是鍛鍊身體的運動，但到印度學習後，才慢慢了解瑜伽是心靈的修行。現代的瑜伽教室太過於市場化，被包裝成養生、健身的取向，雖然對人們的身心也有益處，但卻慢慢失去瑜伽真正的精神，原本瑜伽是一種修行的方法，卻被大眾以為只是一種運動。

在印度學院的每日課程是依照帕坦加利《瑜伽經》的教導，由老師引導學生依照次序逐步修練，因此每天有早晚兩次的靜坐、調息課程、哲學講座、哈達瑜伽。初級的學員依舊不可偏廢身體的練習，必須規律練習調身、調息，讓身體成為修行的良好工具，同時靜坐也是每日的重要練習。

雖然去印度只待一個多禮拜，大肉卻感受到莫大的滋養，在練習中身心靈被徹底洗滌一番，更重要的是三餐正常、作息規律，而且終於有睡飽了。

「我腸胃很差，出發前一直擔心會拉肚子，但學院的食物很乾淨，帶去的藥全沒吃到。」他本來還想在行李箱塞滿十日分的礦泉水，但後來發現只要將過濾水煮沸再飲用，或者喝印度大廠生產的礦泉水，就沒有問題。

大肉也在學院交到很多朋友，還意外發現在印度學瑜伽的男生很多，教室裡的男女各半，來自世界各地，沒人認為男生練瑜伽很奇怪。

「我室友是個印度男孩，目前在念大學。從小每年都跟著爸媽來學院上課，據說他爸媽度蜜月時，就是來學院住一個禮拜，夫妻一起練習，很酷吧。」對男孩來說，瑜伽就跟刷牙、洗澡、吃飯一樣，每天都要做，也沒特別要追求什麼效果、成就，猶如呼吸一般自然。

大肉還說，他在上哈達瑜伽課時，發現印度男孩的體位法練得極好，大概是家學淵源，自小就規律練習所致。「某天我問他，從小練瑜伽，對於課業有好處嗎？他說自己比較能面對壓力，包括課業、考試及人際關係。當然他也常想要偷懶，跳過練習跟朋友出去玩，不過幾天之後，就會感到全身疲憊，沒辦法集中精神念書，這時就會自動站到瑜伽墊上，或跟爸媽一起打坐。」

我聽了之後，覺得印度男孩真有福報，能夠生在這樣的家庭，自小跟著家人專心修行，讓瑜伽成為生命最重要的一部分。

＊＊＊

課餘時，大肉常到恆河畔散步，某天傍晚遇到一位賣棉花糖的小販，他將棉花糖染了火龍果一般的鮮豔色彩，一袋袋綁在長長的竹竿上，遠遠看來就像棵會走路的糖果樹，亮眼的色調跟小販黝黑的膚色，以及黯淡的天光和山河景致形成強烈對比。

大肉一個人坐在恆河畔，思索著自己的人生。印度小販的一生大概就是拿著竹竿到處兜售棉花糖，微薄的收入僅供一家子勉強餬口，生活如此艱難，更甭提還能有什麼夢想。他自問：「除了當上班族，我還想做什麼呢？」他望著向晚的夕陽與恆河，沉睡的想望逐漸甦醒，猶如河畔打水漂的孩子們將一顆又一顆的石子投進水中，激起一圈圈的漣漪。

他將這個提問放在心上，回到學院，繼續每日的練習，直到離開印度的前一天傍晚，再度去了河邊散步。大肉坐在河堤，梳理諸多往事，想起從小到大最愛吃甜點，最大的夢想就是當個甜點師傅，可惜大肉的爸媽只注重功課，他又特別會念書，要考高中時，跟父親說想念職校餐飲科，還莫名其妙被打了一頓，被罵當廚師沒前途，想都別想。

「我想我這麼怕熱，待在廚房一整天太辛苦了，加上必須常常試吃，都已經這麼胖了，再胖下去還得了，不適合當甜點師傅，於是就放棄這個想法了。」他頓了頓繼續說：「不過，我想假日去學做點心，培養新的興趣。」返回台灣之後，他立刻報名了週末的西點烘焙課程，開始他的甜點圓夢之路。

「我還有另一個夢想，不過說出來有點不好意思。」大肉頓了頓，難得流露害羞的表情：「老師，妳覺得我適合當瑜伽老師嗎？」說完撇過頭，不敢直視我。

我笑問他：「為什麼想當瑜伽老師？」

大肉回答，他常常教女友、家人及客戶做瑜伽，覺得這是件有益於人的事，因此想參加瑜伽師資班，日後或許能做為一個副業。

在師資課程期間，大肉重新深入學習瑜伽的每個層面，再度領略到瑜伽不只有體位法，在調伏身體之後，更要學習控制自己的心。

＊＊＊

那段時間他得兼顧工作和繁重的師資訓練課業，因此都沒空來教室練習，偶爾傳訊息給我，說是忙到快沒時間睡覺了，很焦慮試教和接下來的筆試。

幾個月後，大肉終於順利完成瑜伽老師資格考試，帶了自己做的小點心給我。

「上完師資班，反而覺得要學得實在太多了，還沒準備好，不敢教。以前覺得帶別人動一動應該很容易，但實際上教學真是件不簡單的事啊！」大肉搔搔頭，有感而發地說。

我彷彿見到當年自己還是初生之犢的身影，於是跟他分享：「是這樣沒錯，但所有老師也都是從不成熟的狀態開始，在教學中不斷學習、累積經驗，多年後，才慢慢變得熟練。」

「不過還沒準備好就上台，不是害了學員嗎？」大肉仍舊充滿疑慮。

「你聽過一句話，因為要教，所以學嗎？你要實際去教，才知道缺了什麼，然後再努力去學、去補足。一位老師根本不可能有準備好的一天，你也不可能等自己準備得夠好才上台，教學就是必須實際面對學生，才能讓你愈來愈進步。當你盡力準備了，時間、機緣也到了，就得鼓起勇氣站上舞台，並在結束下台後不斷反省，再次準備、充電。這就是身為老師的功課，保持謙卑與開放的心，透過這個過程，你就成長了。」我鼓勵著他。

大肉點點頭，彷彿吃了一顆定心丸。不久後，他的師資班同學請他幫忙代一堂課，他便立刻同意了。

教課前他花了一個禮拜的時間準備，規畫好一小時內要做的所有動作，然而教完後，大肉告訴我：「老師，我完全無法按照自己本來想的方式去教課，因為現場的學員狀況很多，有人無法跪，有人肩膀痛到手舉不起來，還有人忘記帶瑜伽褲，只能穿著牛仔褲練習，跨步很不方便，更扯的是有人用酒精噴墊子，接觸到皮膚喊著過敏了。最後只能教他們最簡單的伸展，好在他們都做得很開心，第一堂課有驚無險地結束了。」我聽完，讚許地點點頭。

「面對不同的學員，要給予的練習都不一樣。尤其在大眾課堂，你完全無法預料今天來上課的會是誰，即使知道，他們的身體也每週都在變化，可能不小心跌倒受傷，或是感冒、生理期，甚至只是睡不好，工作太累精神不佳，就必須彈性變化，為他們安排當下最需要的練習。」

「教學真是不簡單，學無止境啊。」他笑著說完，遞給我一個粉色紙袋：「謝謝老師的分享，這禮拜我學會做馬卡龍，雖然外型不完美，但味道還不錯。」

我打開放滿一顆顆彩色小甜餅的紙盒，小心翼翼地拿起一塊放進嘴裡，糖霜入口即化，充滿濃郁的草莓甜香。

我不禁大力稱讚大肉的手藝，讓他有些不好意思。「老師，我的會籍下週就會到期，我暫時不會續約，因為接下來會先留職停薪，利用一年的空檔，跟女友到法國藍帶學校上甜點課。我們都喜歡甜點，說不定以後會開一間甜點店，在店裡設間小教室，除了吃點心，也教大家做瑜伽，消耗一下熱量，這樣就不會發胖了。」

這個點子聽起來很不錯，既能大肆享用美食，又不會增胖，兩全其美，我大表贊同：「太好了，別忘記開幕時要邀請我喔。」

幾個月後，他跟女友啟程了，臨行前我又收到了大肉親手製作的甜品，這次是瑪德蓮。回家後煮一壺茶，奶油、蜂蜜的香氣在口中慢慢化開，用心品嘗這得來不易的人生好滋味。

「瑜伽班長」現已升格為「瑜伽老師」，天下沒有不散的宴席，許多瑜伽課學員找到自己想走的路之後，總會暫別或就此離去，但我相信瑜伽一定會持續地陪伴他們勇敢跨出每一個步伐。一路看著學員揮別迷惘與青澀，為生命編織出美麗動人的詩篇，終於活出自己想要的樣子，就是身為瑜伽老師最欣喜的時刻了。

飲食失調者的練習處方

你常常吃得太多或太少嗎？或者在正餐之外仍嘴饞不斷狂吃，事後悔恨不已？

瑜伽大師斯瓦米．韋達說：「暴食是因為心中缺乏愛。」當你精神散漫，或者感到焦慮寂寞時，便會不自覺地用食物來填補內心的空虛。

因此，不妨試試在用餐前靜心。當食物近在眼前，不急著狼吞虎嚥，而是閉上眼睛，感覺身體和呼吸，放鬆緊張的肌肉和情緒，然後欣賞一下食物的氣味、色澤與質地——從這一刻開始，你跟食物展開了連結，方才開始用餐。

用心咀嚼每一口食物至少三十二次，感受食物在口中的滋味，當你吞嚥時，覺知自己的胃，讓身體充分獲得滋養。

也許剛開始你會沒有耐心，想要打開電視，或者滑手機，看著螢幕囫圇吞棗，但當你願意多嘗試幾次，便會發現這樣的用餐方式有助於消化與腸胃健康，同時也有益於放鬆心情，讓你更容易發現自己吃飽了，適時停下來，避免過量進食。

讓用餐成為你靜心的一部分，食物不只是食物，入口的同時也替身心充電，也許如此實行一段時間後，還會發現此法頗具瘦身效果呢！

瑜伽之舞

有時在瑜伽課後會遇到學生問：「老師，妳是學舞出身的嗎？」我總是笑著搖頭，告訴對方：「我以前很不喜歡運動，還是一個中文系的書呆子。」

在瑜伽的圈子裡，老師們有著不同的背景，有些老師跟我一樣，本來對瑜伽一竅不通，練習多年後產生極大興趣，通過師資訓練取得教學資格。

有些老師則是體育、舞蹈科班出身，譬如我的朋友邱玥和邱冶，從兒時便開始學舞，一路從小學、中學跳到大學。半途遇見瑜伽，療癒身心靈的傷，也翻轉了她們的舞蹈生涯。

邱家兩姊妹年紀僅差一歲，兒時邱玥因病小學晚讀一年，因此跟妹妹邱冶同屆。兩人從小到大都是舞蹈班的同班同學，像是連體嬰般形影不離，互相照應。

雖是一同長大的姊妹，個性卻差異甚大，姊姊邱玥留著一頭短髮，無論外表或性子都相當男性化，講起話來中氣十足，待人豪爽大方，不拖泥帶水。初次見到邱玥時，她笑著對我說：「我真的很不適合這個『玥』字，明明性子是太陽，名字卻被取成月亮。」

邱冶則是個纖細有靈氣且多愁善感的女孩，無論做任何事都十分溫吞，顧慮也多。慢慢來，就是她的人生哲學。閒暇無事時喜歡獨處，待在自己的空間養精蓄銳、閱讀或是閉關練舞。她說，自己雖長期從事身體工作，但因輕微的心臟宿疾，天生體力不如他人來得好，容易疲倦，所以每完成一場排練或演出之後，總需大量休息才能完全恢復。

當我以學生身分去上邱家姊妹倆的瑜伽課時，也能從她們的教學中尋得端倪。邱玥的課程編排流動，停留時間也不長，最多五個呼吸。她不喜歡解釋太多的細節，著重手部調整，希望學員親身嘗試及感受她所要傳達的。由於長年浸淫舞蹈，對於如何銜接動作有一定的敏感度，因此她的瑜伽課頗具靈動的舞感，上起來酣暢過癮，大汗淋漓，再加上活潑愛交際的性格，她的教室總是很熱鬧，充滿笑聲。

邱冶的步調則是安靜舒緩，總是面露微笑，好整以暇地提醒學生：「不要急，慢慢來。」讓很多初學的學員感到溫暖窩心。她的課程內容雖然簡單，但卻不厭其煩地把每個動作都說明仔細，並要求大家逐項確認有做到位。雖不常在課堂上聊天，但一些老學員卻喜歡在課後與她展開私密互動，訴說心事。

如果上邱玥的課會有「牛仔很忙」的感受，上邱治的課便有天鵝優雅地在湖面上緩緩划水前行的感覺。

串了一段時間的門子，跟她們熟識後，邱玥和邱治才跟我娓娓道來兩人的成長、學舞歷程，以及跟瑜伽的緣分。

＊＊＊

「我會開始學舞，只是為了跟鄰居姊姊一樣，穿上粉紅色蕾絲蓬蓬裙及漂亮的舞鞋，那是每個小女生的夢想。」邱治回憶著。邱玥眉頭一皺，立即打斷她：「才怪，我超怕粉紅色的，還好那時有賣最小尺碼的純黑連身舞衣，不附蓬裙，不然我才不會學舞呢！」

早年的兒童舞蹈班都是以教授古典芭蕾為主，天生柔軟度較好的邱治能輕易勝任，但邱玥的筋骨較硬，還有一些駝背，壓在把桿上的腿伸不直，總被老師逼著拉筋、劈腿，對於年方六歲的她實在痛苦不堪，不到半年就淚眼汪汪地表示不想去上課了。

邱冶倒是很喜歡跳舞，從幼兒園一直持續練習到國小時期。她們的父母皆從事教職，平時熱愛藝文活動，當兩姊妹即將升上三年級時，得知附近的國小正在招考舞蹈班學生，於是詢問邱冶要不要報名？

「我想都沒想就答應了，但我姊一聽就生氣了，因為如果我考上了，就得轉學，不能跟她同班同校。」邱冶笑望著邱玥，她吐吐舌頭：「最後我別無選擇，為了繼續跟我妹同班，就一同報考，沒想到竟吊車尾，跟邱冶同時被錄取了。」

後來學校老師告訴邱家父母，邱玥雖然柔軟度差了一點，但節奏感頗佳，加上落落大方的台風，一點也不怕生，才會從眾多的競爭者中脫穎而出。

兩人考上之後，開始每天跳舞的生活，除了既有的學科之外，其餘時間都在學習芭蕾、即興、現代、民族、武功等舞蹈課程，再三磨練基本功。如果有校內外的演出，放學後及週末六日還得留校練習。

「很意外的是，我竟然開始喜歡跳舞，密集的訓練讓筋骨愈來愈柔軟，隨著音樂舞動身體的感覺實在太迷人了。」正式成為舞蹈班一員的邱玥，對於學舞的態度有了正向的轉變；不過原本對舞蹈懷抱滿腔熱血的邱冶，卻開始有點怯步了：「每天瘋狂地操練身體，實在太辛苦了。我的身子天生柔軟，但肌力與體力卻不太好，常常扭傷拉傷撞傷，帶著滿身的傷，卻還是得忍痛練習，完成演出。」

雖然在國小期間，邱冶幾度浮現放棄跳舞的念頭：「升上小五之後，我每天都賴床，不想去學校，想到跳舞就腿軟。我媽問我，要不要轉回普通班？我想了想，都努力這麼久了，還是要堅持下去。」「我常跟我妹說，無論練不好還是被老師處罰，或者要重練多少次都沒關係，我陪妳啊！」邱玥對自己的親妹妹總是情義相挺。

某次邱冶排練時漫不經心，一連跳錯好幾個地方，被老師叫到牆邊罰倒立。當她手腳痠痛得眼淚直流，快要無法堅持下去，感到無助至極時，邱玥來到她身邊說：「不要怕，來，我跟妳一起做。」邱冶望著陪她一起受罰的姊姊，忽然又有了力量，覺得無論如何都不應該放棄。

「大學時我們一起看某齣紅透半邊天的偶像劇，當男主角對女主角說，想哭的時候就倒立，這樣眼淚就不會流下來了，我們兩人都笑翻了。誰說倒立眼淚就不會流下來？只是流的方向顛倒罷了！」邱冶說完，不禁大笑出聲。

即使日子過得再艱難，兩人是還是真心喜歡跳舞，過程中的所有辛勞也會在謝幕時的如雷掌聲中獲得報償。疲憊時，想像自己優雅而自信地站在台上，臉露微笑翩翩起舞的那一刻，就是她們堅持下去最大的動力。

＊＊＊

邱家姊妹升上小六後，決定報考國中舞蹈班，由於實力堅強，姊妹倆的術科考試成績名列前茅，輕鬆愉快便考上了。

然而迎接她們的卻是未曾想像的辛苦生活。中學舞蹈班的訓練相當嚴格，依循軍事化管理，全班都得住校，上課時間從早上八點到晚上十點，除了一般學科之外，還有艱辛的術科訓練，翻滾踢腿、刀劍棍法全要操練數遍。回到宿舍之後，還得撐著沉重的眼皮繼續念書、寫作業，以免跟不上進度，段考抱鴨蛋。

青春期女孩的身心狀態不同於國小階段的孩子，她們的身體面臨第二性徵的出現等諸多改變，以及邁向獨立過程中複雜的心理變化，偏偏學校老師的管教態度強硬專制、一板一眼，讓嚮往自由的兩人痛苦不堪。邱冶回憶國二時，學術科壓力甚大，加上高強度密集訓練耗掉大量體力，骨骼肌肉也在快速發育的階段，經常無法克制地想吃東西。然而每天穿著緊身衣練習，只要多吃一點就會小腹微凸。老師總盯著她們節制飲食，每個人的書桌前都貼有一張身高體重對照表，雖然她們正持續增高增胖，但仍必須符合規定的範圍，一旦體重超過標準就會被罵得很慘。

「每天一早起來刷牙洗臉後的第一件事，就是在宿舍量體重，發現變重了就好緊張。吃早餐時不管有多餓，只要想起自己增加零點幾公斤的體重，只吞幾口土司就不敢再吃了。」邱玥邊說邊望著邱冶，兩人皆流露出落寞的神情。

當全班都拚命控制體重，人人自危時，某天有位嚴格的芭蕾老師，在上課前要求全班同學排成一列，舉起雙手，檢視她們的體格。所有人都嚇得全身發抖，深怕不合格會被體罰。邱冶站在隊伍的最後一位，摒息以待。老師走到她面前時，忽然伸手使勁擰她腹肚上的肉，然後一掌用力拍在她纖瘦的背脊上，打出一個淡紅色手印，當眾高聲嘰笑道：「妳是豬嗎？胖成這樣！」她羞愧難當，低下頭，抿著嘴，強忍住淚，下課後才衝到廁所大哭一場。

「某天傍晚下課後，大家都離開教室了。我獨自站在大鏡子前，看著那張長滿青春痘的蒼白臉龐，眼神渙散，嘴角下垂，還有竹竿一般的軀幹、四肢，以及微微隆起的胸部，整個人呆住了，腦中只有一個念頭：這是我的身體嗎？為什麼每天做這麼多練習的我，卻好像離身體很遙遠，一點都不認識自己？」邱冶不喜歡自己的身體，覺得自己好醜、好笨、好渺小，每天都過得不快樂，再也不想站在把桿前面對自己。

但住校的她無處可逃，每天生活一成不變，除了練舞還是練舞，她活得無力萬分，經常躲在廁所不由自主地哭泣，覺得好疲憊，不想去上課。

邱冶奮力維持身材、控制體重，即使肚子餓了也不敢大肆進食，但當她忍無可忍時，就會一口氣吞下好幾餐分量的食物，吃到腹肚鼓脹欲嘔才勉強停止，那全都是她為了減肥絕對碰不得的垃圾食物。待她飽足後，強烈的焦慮感即刻襲來，一次又一次跑到馬桶前催吐，非得再把胃裡的食物全都清空才能安心。

某天半夜，沉睡中的邱玥莫名醒來，聽見睡在下鋪的邱治在廁所劇烈咳嗽的聲響，於是睡眼惺忪地下床查看。當她打開浴室的燈，驚見邱治坐在冰涼的地板上，將洋芋片、巧克力猛往嘴裡塞，四周還散落著好幾個零食包裝袋。邱玥瞬間清醒，瞪大眼睛說不出話來，不敢相信眼前這一幕。而邱治一見到姊姊，立刻拋下薯片，將手指伸進喉嚨猛挖，準備催吐。

邱玥見了又氣又難過，不知該如何是好，抱著不斷掙扎的妹妹，兩人緊摟彼此，失聲痛哭起來。

「那時她非常抗拒進食，甚至一天才喝一杯牛奶就說飽了，我愈說，她愈是不吃，嫌自己太胖。好幾次血糖過低，還被送去急診打點滴。」邱玥嘆了口氣。

「幾個月後，我暴瘦好幾公斤，只剩一把骨頭，就醫之後才知道得了厭食症，開始跟輔導老師諮商。家人到校與老師溝通，讓我暫時不住校，並大幅減少練習時間，姊姊也一直在身邊陪我，才慢慢走出陰影。」提起這段不堪回首的過往，邱治紅了眼眶。

「回想起來還是很愧疚，覺得沒照顧好妹妹，讓她受苦了。」邱玥有些黯然地說。

邱治搖搖頭，眼眶閃著淚光，握住姊姊的手，朝她微微一笑。

＊＊＊

國中畢業後，兩人決定報考藝校舞蹈科。「很多人問我們，這麼辛苦，為什麼還是要走這條路？我總會說，因為我們只會跳舞，也只喜歡跳舞，除了跳舞之外什麼也不會，就這麼簡單。」邱玥回答得乾脆爽快，但要成為一位專業舞者可不是件容易事，光是長期處於單調嚴厲的環境下，每天從早到晚接受體能操練，連假日都不得休息，大概很多人就逃之夭夭了。

專業舞者必須一個口令、一個動作，為了肢體藝術的極致展現，即使做不到也必須勉強達成老師的要求，在排練時奮力拉扯身體，不得有任何藉口。而在表演時也得放下自我，唯一的目標即是舞出極限與巔峰，在乎的只有團隊的整齊劃一。因此從小到大，舞者們把自己鍛鍊得身心強壯，能夠承受常人所不能忍的一切，卻也一身是傷，且多半是源於過度練習所造成的運動傷害。舊傷尚未好全，又添新傷，從未有真正痊癒的一天。

「當年大家都想不到，升上高中後，就輪到我陷入黑暗期了。」邱玥笑著說，很難想像活潑開朗的她，究竟為何陷入憂鬱。

高中時姊妹倆考上北部的藝校，同學們多是彼此相熟的台北人，跟來自南部的她們有著城鄉差距，她們不知如何跟台北同學開啟話題，難以融入班上社交圈，再加上邱家姊妹的術科表現格外優秀，經常在演出時被老師指派為要角，惹得同學分外眼紅，進而遭受排擠，幾乎沒有朋友。好在她們兩人同班又同寢，相依為命照應著彼此，日子倒勉強還過得去。

某天剛結束段考，心情愉悅的邱玥經過音樂科大樓，聽見悠揚翩然的琴聲從二樓的展演廳傳來，正是貝多芬的〈月光奏鳴曲〉，不禁循著樂聲悄悄爬上樓，透過窗縫向內張望，見到一位梳著長馬尾的女孩正專注演奏。白皙纖長的手指在琴鍵上飛快地彈跳移動，充分展現高超的技巧，身體隨著琴聲韻律前俯後仰，沉浸其中，陶醉不已。

邱玥癡癡凝望女孩優美豐潤的臉部線條，即使只見得到她穿著白襯衫和咖啡色長裙的背影，心臟仍不禁撲通直跳，完全無法移開視線。待她練習結束收拾琴譜時，邱玥躲在室外的梁柱後方，終於見著她的正面，心中一震，陶瓷般的肌膚與細緻立體的五官，應是個混血女孩，活像個洋娃娃。

邱玥雙掌冒汗、摒住呼吸，目送身材高挑的她推門離開。而後每天午休時分，她都會溜到音樂大樓偷看這位氣質高雅的女孩練琴。同時也透過唯一的好友打聽到，她是跟自己同屆的音樂科學生，名叫謝穆涵，在班上無論學術科都維持第一名的好成績，還是各大音樂比賽鋼琴組常勝軍。

邱玥不可自拔地陷入暗戀之中，導致演出排練時老是心不在焉，出錯頻繁，不斷挨罵，還被老師警告若是再不努力就要換角。然而穆涵彈琴時的沉靜臉龐老在心中揮之不去，只要一閒下來，就無法不想著她，經過音樂科的時候也總是好希望能巧遇她。

她們所處的校園實在不大，幾次穆涵從前方迎面朝邱玥走來，然而穆涵不識邱玥，一言不發地與她擦身而過。偶遇愛戀對象的邱玥喜悅萬分，接下來的一整天猶如剛充飽電般活力滿滿，能夠輕鬆應付各種辛苦又消耗體力的訓練。

這份熱烈的愛意密不透風地壓抑在邱玥心中，卻無從表達。初戀的她常有滿腔愛火快要從胸口爆裂開來的感受，既幸福又痛苦，只能在白紙上不斷寫著謝穆涵的名字，寫了一千遍再撕個粉碎，紙屑包了幾層才丟棄，深怕被任何人發現，苦悶不堪。

半年後，她終於忍不住把這個祕密告訴妹妹，邱冶聽聞驚呆了，除了表達對姊姊的支持，也不知該如何是好。

「其實當時的心情很複雜，一直以來，我們都是彼此生命中的第一順位，但那時我好像被推到第二位了。有一種隱約的忌妒讓我感到不快，想要幫姊姊，但又不太想理她，對那個女孩有點敵意，很矛盾。」邱冶誠實表述當年的心聲。

幾個月後，邱玥和穆涵終於產生交集，那是在學校舉辦的期中展演上，邱玥代表舞蹈科上台演出一段獨舞。當她鞠躬謝幕時，赫然見到穆涵坐在台下第一排，雙眼發亮地拍手鼓掌。散場後，邱玥在校園一隅遇到穆涵，她停下腳步揮手說「嗨」，然後伸出右手：「我是音樂科的穆涵，剛剛妳的表演好精采，太棒了。」邱玥呆呆凝望著穆涵水靈靈的雙眸，全身僵硬地回握她溫軟的手掌，好一陣子才說出「謝謝」兩個字，美夢成真的那一刻，恍似做夢一般。

而後，她們時常約在午休時見面，邱玥毋須站在教室外偷窺穆涵彈琴了，而是與她並肩而坐，一邊陪著她練琴，一邊暢談心事。有時邱玥也會跳一段最新練的舞碼給穆涵欣賞，兩人交流著彼此的技藝，無話不談，成為最好的朋友，感情日漸增長。

「舞蹈班很封閉，跟其他班級不太有往來，除了班上作息相同的三十位同學之外，很難交到其他朋友。尤其我們為了練舞，很少有休閒時間，在遇見穆涵之前，最好的同伴大概就只有我妹邱冶。」邱玥悠悠地說，我才意識到她們在舞台上發光發熱的成長過程，內心其實是非常寂寞的。

邱玥和穆涵互動頻繁，老是黏在一起的兩人不斷展現親密舉止，終於被其他同學瞧見了，女女之愛的流言在校內傳布開來，讓她們不堪其擾。

某天穆涵告訴邱玥：「我們暫時不要再見面了，好嗎？昨天班導找我問話，我說我們就只是好朋友而已。班導叮嚀我要專心練琴、念書，不要分心，明年才能順利考上國外的音樂學院。我想，她說的是對的。」穆涵的話語好似一把利刃瞬間刺入邱玥的胸膛，她雖然心痛，卻也不再辯駁，於是酷酷地點頭：「好，就這樣吧。」

回到寢室後，她躲進棉被大哭一場。正在桌前寫作業的邱冶聽見斷斷續續的啜泣聲，爬到上鋪掀開姊姊的被褥，第一次見到鮮少流淚的邱玥哭得這麼慘，她心疼不已，靜靜撫握著姊姊的雙手。

過了好一會兒，邱玥才終於開口：「我喜歡的是女生，妳會不會不想理我了？」「無論喜歡男生還是女生，妳都是我的姊姊，我永遠支持妳，誰要笑妳，我就跟他絕交。」邱冶不假思索地說完，隨即擁抱哭泣不止的邱玥，直至夜幕低垂。

然而邱玥和穆涵的情緣尚未結束，一個月後，有位音樂科的學妹來找邱冶，要她把一張字條轉交給邱玥。

邱玥躲進廁所，雙手發顫地打開字條，上面寫著：「音樂科大樓五樓儲藏室，中午十二點半，不見不散。穆涵。」

邱玥靜候同學們都進餐廳吃飯了，校園空蕩蕩之時，才小心翼翼地快步爬上五樓。用力推開儲藏室的門，穆涵已在裡頭等候多時，一見到邱玥，以往含蓄的她淚如雨下，驀地趨前緊抱住她。

這等反常的舉止讓邱玥驚得倒抽一口涼氣，幾秒鐘後才清醒過來，趕緊張臂回抱穆涵。兩人安靜地擁抱彼此近三分鐘，好似一分開，就再也無從相見。

儲藏室位於學校最偏僻的死角，極少有人路經此地。室內推滿陳舊的課桌椅、卷宗檔案夾，以及即將報廢的各式體育器材。爾後兩人時常在此幽會，這間悶熱狹小且充滿刺鼻霉味的斗室，彷彿是座遠離塵囂的夢幻天堂，也是她們暫時逃避沉悶刻苦的學藝生涯唯一的出口。

隨著兩人戀情加溫，她們開始情不自禁地躺在儲藏室破損的體操墊上，互挨著觸探彼此身體。拉上窗簾，解開對方制服的白色鈕扣，闔上眼，從頭到腳撫觸同樣身為少女的愛人溫潤綿滑的肌膚，她們終於在沉默中緩緩降臨那處無論透過音樂或舞蹈都無從抵達的豐美之地，進入禁忌閉鎖的身之領域，品嘗屬於她們的如花初綻。邱玥的手指在穆涵的腰背上輕快地跳著華爾滋，穆涵則在邱玥的胸膛上彈著月光奏鳴曲，同時也在雙唇相依的親吻中確認彼此的真實存在，一同在無瑕的幸福中甜透了心。

邱玥透過跟穆涵的肢體觸碰，第一次與自己的身體展開親密而溫暖的連結，青春的身軀獲得愛情的滋養，讓她真正攀上舞者的巔峰。浸潤在強烈愛意中的她，無可自拔地迷戀上自己的身體，使得邱玥經歷前所未有地敞開。當她站在台上舞動身軀，每一吋經愛人觸摸過的髮膚好似都甦醒過來，像是初生嬰孩般靈動而自由地展現由愛而生的莫大力量。

然而紙終究包不住火，某天當她們在儲藏室私會時，學校教官推門而至，原來是一位忌恨邱玥才華的同學連續跟蹤她好幾天，發現她跟穆涵的不尋常關係，隨即向教官告密。

兩人的家長被請到學校商談此事。邱家父母見到女兒，只是低聲嘆了口氣，拍拍她的肩頭，並無責備，也沒多說什麼。倒是穆涵的父母反應十分激烈，一巴掌打在穆涵臉上，痛得她瞬間噴淚，並立即將她帶回家，幾天後辦了休學，此後的穆涵猶如斷了線的風箏，再也無消無息。

失戀後的邱玥，承受著愛人突然離去的痛楚，以及自我認同的猶疑，「那時我好恨自己是同志，好討厭自己，覺得自己好髒，好噁心。為什麼我就是無法跟別人一樣喜歡男生？」她就此陷入漫長的抑鬱，身畔唯一支撐她的只有妹妹邱冶，她每週陪姊姊去看身心科，並按時跟心理師諮商，試著挺過生命的寒冬。

當時邱玥不僅每天失眠、瘦了一大圈，還經常萌生不想活的念頭。某次邱冶回寢室時，見到桌上放了一封邱玥親筆寫的遺書，嚇得直衝上頂樓，見到姊姊坐在圍牆邊默默垂淚。

邱冶大聲呼喊邱玥，她聞聲回過頭，緩緩爬下圍欄，往邱冶的方向漫步而來，展臂抱住她後，腿一軟便跌坐在地，哽咽地說：「我想死，可我真的捨不得妳。剛剛我想著，如果我走了，妳該怎麼辦？」於是，兩人在強風呼嘯的頂樓抱頭痛哭，這份深厚的姊妹情誼，終究是彼此最深的掛念，也讓她們得以在幽谷中存活下來。

幾個月之後，邱玥和邱冶在滿城風雨的景況中順利畢業了，雖然兩人在畢業公演中都僅拿到毫不起眼的小角色，但總算是熬過難關，得以遠離傷心地，也一同考上某大學舞蹈系。

＊＊＊

邱家姊妹跟瑜伽的緣分，要到大學時期才終於展開。剛升上大一時，她們的導師在班會中介紹有位來校客座一年的國外教授S，長年練習瑜伽及皮拉提斯，即將要在校內舉辦一場小型工作坊，希望跟舞蹈系的師生分享所學，推薦大家來參加，於是邱玥和邱冶便一起報名了。

當她們來到鋪滿瑜伽墊的會場，第一堂課S教授話不多說，帶領學員體驗一堂瑜伽課。對於身體經過千錘百鍊的舞者來說，瑜伽動作並不難，很容易上手，然而在這堂課中，老師不斷講述瑜伽並不只是擺出漂亮的姿勢而已，還包括呼吸與動作的結合，以及心念等各方面的集中，不但要調身，也要調息和調心，三者缺一不可。

大休息時，S教授帶領他們做十分鐘的身體掃描，邱玥和邱冶在老師溫柔緩慢的話語引導之下，竟然當場睡著了：「我們兩人都是對外在環境很警覺的人，換句話說就是不容易放鬆的人，有點神經質，能在這麼開放的空間裡入睡，實在太難得了。」

隨後S教授也分享自己曾因練舞而導致身體嚴重的傷害，而後透過瑜伽練習及皮拉提斯的訓練，慢慢調養諸多舊傷，重建身體覺知，也開始鑽研解剖學，並充分了解自己當下的身心需求。此後練舞時不再盲目地聽從口令，而是從自身的覺受出發，不但跳得更好，而且也更安全、更盡興，讓原本因傷而幾乎要停止的舞蹈生涯得以延續。

這堂課帶來深層的身心釋放，瑜伽跟跳舞不同，但卻又有說不出來的相似之處，這讓兩人瞬間愛上瑜伽。因為從小練舞，她們跟S教授一樣滿身是傷，於是決定立刻開啟瑜伽旅程，先是每週參與學校瑜伽社的課程，不久以後，也到校外其他教室積極探索不同的瑜伽派別。

＊＊＊

「我是一個對自己要求嚴格的人，因此在跳舞的時候，總是鞭策自己達成老師的要求，讓肢體有漂亮、完美的展現，這是表演者的天職，要盡力符合團隊和觀眾的期許，但跳久了，卻會累積許多壓力與傷害。」邱治解釋，瑜伽的完美定義，跟舞蹈完全不同，瑜伽所要練習的是在過程中保持呼吸覺知，尋得身體舒適、穩定的感覺，毋須做到極致。讓頭腦放鬆、安靜下來，關注自己，而非討好他人，這對於總是緊繃的她非常有幫助，也得以平衡平日演出所累積的諸多壓力。

「對於習慣操練和講求技巧訓練的舞者來說，跳舞常常沒有尊重身體這回事，就算做不到也得想辦法做到，還得面對一連串的競爭，大家都想脫穎而出成為最優秀的。但瑜伽必須要尊重身體，不求一定要做到什麼，學習放下控制與追求完美的心態，溫柔且如實地認識自己。站在舞台上非常需要這樣的能力，脫下外在偽裝才能擁有真正的力量。因此每要上台前，我都會先靜坐很長一段時間，瑜伽成為穩定的泉源，靜心之後，我更能享受自己的表演。」邱玥說。

同時，瑜伽也療癒了邱玥在高中時期的混亂與徬徨，在瑜伽墊上了解並觀看自己的過程，以及靜坐的訓練，讓她逐漸能接受自己真實的樣子。

目前邱玥也擁有一位交往多年的同性伴侶，她的背包繫著彩虹旗，積極參與各類爭取同志權益的社運活動，不再怯於承認自己是個女同志。

「我還在女同社群成立了瑜伽班，帶領社員一起練瑜伽，下課後聊聊天，彼此互相關心，抒解一下生活的壓力。當然這裡也可以是約會的場所，伴侶一同練瑜伽，有益身心健康。」邱玥打開臉書，秀出不公開社團內的招生簡章，還有上課照片。她的學員多半是筋骨僵硬的上班族，但卻一點也不為此困擾，在她的耐心引導之下，總是練得十分開心。

「雖然我是專業舞者，但我依然記得小時候剛學舞時拉筋有多痛，所以很能體諒學生。不過我一直跟他們強調，瑜伽要練的並不是拉筋，而是培養一顆柔軟的心。」邱玥笑著回憶童年差點放棄學舞的經歷。

不過她們也坦言，對於舞者來說，練瑜伽需要找到更多的覺知。因為瑜伽體位法對於舞者來說太簡單了，不費吹灰之力就能做到，反而很容易分心，或者又回到跳舞時的慣性，把兩者混為一談，那便失去了練習瑜伽的意義。

每張瑜伽墊都是一座舞台，站在台上，唯一的觀眾只有自己，毋須偽裝、誇大、強迫、批評自我，讓身體成為一面明鏡，如實呈現真切的自己。再也不用透過身體達成任何事、取悅任何人、掙得任何角色機會，只需誠實觀察、感受，在當下成為自己即可。

這是她們漫長的舞蹈生涯從所未有過的經驗。

邱冶透露剛開始學瑜伽的時候，常在大休息時哭泣，因為從未有機會如此靠近自己：「我好想抱著十四歲時厭棄身體的自己，告訴她，妳真的好美、好棒，妳是多麼地獨一無二。沒有人有資格批評妳，也毋須向誰證明，妳本來就是最好的！」

邱玥聽了也不斷點頭：「後來我們一起接受了瑜伽師資訓練，不僅只有體位法，還接觸了瑜伽哲學、調息法與靜坐，也把瑜伽解剖學重新讀了一遍，並接受長時間的冥想訓練，慢慢調理多年來的身心舊傷。我真的很想說，如果學跳舞前就能先接觸瑜伽，不知該有多好，如此一定能走得更長遠、更快樂。」兩姊妹感嘆地說。她們皆已離開舞團多年，目前專職教授瑜伽，也常互上對方的課，有空時也相約一起跳舞、練瑜伽。

「長大了，兩人都十分忙碌，能湊在一塊兒練習，是我們最快樂的時光，好像回到童年相依為命的日子，又是苦、又是酸、又是甜。」邱玥嘆了一口氣，悠悠望著妹妹說。

此時，有位小女孩推開教室的門，原來是邱冶的老公和女兒來接她回家了。女兒妞妞遺傳了邱冶的舞蹈天分，平時喜愛隨著音樂扭動小小的身軀。我問她，會支持孩子走上跟媽媽一樣的道路嗎？

「我會尊重妞妞的決定，她最近也開始學舞了，但我選擇了一位會教導孩子尊重身體、建立身心覺知的老師。或許等她再大一點，我會親自教她瑜伽和靜坐吧。」邱冶抱著杵在懷中撒嬌扭動的妞妞，笑得合不攏嘴。

望著她們一家人的甜蜜互動，不禁感嘆生命的潛力無限，熬過黯淡無光的黑夜，終將照見陽光。而未知的前方無論有多少艱難，邱玥和邱冶這對感情深厚的姊妹倆，必定不離不棄地扶持彼此、攜手走過生命的高峰與低谷，舞出更多精采的故事。

完美主義者的練習處方

你是一個做任何事都奮不顧身、全力以赴，無論如何都要做到最好，但當結果不符預期，未能達成目標，就會陷入頹喪抑鬱，懷疑自己能力不足的人嗎？

體位法是一面很好的鏡子，能夠幫助我們調整心態，讓我們從坐姿前彎來觀察自己吧！

請先坐下，雙腳伸直並攏，吸一口氣，將上半身打直，啟動腿部肌肉，腹部微收，雙手向上舉高；接著保持背脊挺直，吐氣時，軀幹向前傾斜，兩手抓住小腿或腳掌。

在這個當下，你感覺到什麼？如果腿很緊很痠，或是駝背了，可稍微彎曲膝蓋，以便腹部更容易靠近大腿，背部也能有更好的伸展。

若是肩膀很緊，不妨先用力聳肩，再放鬆，充分鬆開的肩頸會讓呼吸更為流暢。

如果感覺身體僵硬，或無法前彎更多，也許會聽見內在批判的聲音。若你聽見了，問問自己，我現在舒服嗎？呼吸還順暢嗎？如果不是，請退回淺一點的位置，只有停留在穩定舒適的地方，才能成就你的完美姿勢。

靜下來，告訴自己，不需要做得跟書本、老師或腦中想像的一樣才是完美。當呼吸、心念完全沒有衝突，能夠保持平靜自在，在每個體位法中綻放發自內心的微笑，才能創造獨一無二的完美姿勢。

最後，將這一份覺知融入你的生活中，持續尋找穩定而舒適的完美姿勢。

走吧，一個人的印度之旅

百合是我瑜伽師資班的同學，長我七歲，約莫七年前，我們一起完成美國瑜伽聯盟兩百小時的學分。那時我剛來到台北，人生地不熟，就連捷運都不太會搭，時常徬徨茫然。幸而很快地在瑜伽教室遇到百合，在師資訓練密集上課時，她像個大姊姊般地照顧我，一起練習、做功課、試教、通過每一階段的考試。結業後，我們更在教學的過程中互相扶持，一路相伴至今。

百合雖有其他的正職工作，瑜伽老師只是她的兼職，一週教學僅三堂課，但她是個很認真的練習者，每天準時六點半起床，練習一個半小時後才出門上班，多年來堅持不輟，這份毅力與耐心確實是我望塵莫及的。

大家都覺得百合是個豪爽、風趣的人，好似不管發生什麼事，很快就拋諸九霄雲外，但實際上百合很敏感，總是想得很多。她能輕易看透別人真正的想法，默默放在心上反覆推敲，也容易受到外界的影響而心情波動，偶爾會向我傾訴心事，但往往已鬱悶了好一陣子。百合的個性與我有些相似，因此瑜伽對我們來說，並不只是運動而已，還希望能透過練習抹去心中的塵埃，穩定時常搖晃不定的心。

台灣的瑜伽機構跟西方一樣，比較偏向體位法的操練，雖然把瑜伽做為運動或療癒的手段並無不妥，能讓一般人在短時間內感受到瑜伽對於身心的好處。不過若想深入探尋，老是在體位法上琢磨，想練會更多動作，或者做得更完美，總會感到匱乏，好似缺了什麼，因此我倆一直在尋找真正關注心靈，讓瑜伽回歸修行本質的派別。

後來，我接觸到一個源於喜馬拉雅山岩洞寺院，歷史悠久的瑜伽傳承，便介紹給百合認識。她讀了一些相關的書籍，也參加幾次工作坊後，決定親自前往這個傳承在印度的學院一探究竟。

當時正逢百合的人生低潮，剛結束一段交往三年的感情，也正從任職十年的公司離職。身處這個重大的轉捩點，她決定放慢步伐，不急著無縫接軌下一階段，而是給自己幾個月的長假，隻身飛往印度。

兩個月後，我與從異國歸來的百合見面，她好似變成另一個人，雙眼炯炯有神、笑容燦爛，似已放下肩頭的千斤重擔，散發著穩定喜悅的氣息。於是，我們點了香醇的咖啡，再搭配一片起司乳酪蛋糕，在擺著植栽的窗邊圓木桌前悠閒對坐，暢聊這趟印度之旅。

＊＊＊

「這是我第一次一個人出國旅行，沒想到不是前往台灣人最常去的日本、韓國，竟然是印度！」百合笑說，計畫出國時原本沒想太多，但身邊的人聽到一個女生要獨自去印度，都表露出驚訝和不以為然的態度，告誡她印度很危險，印度男人很不尊重女性、容易遇到危險等等，讓她不由得擔心起來。腦中小劇場不斷播放著班機被取消，遲遲到不了學院，還有半途被劫財劫色，流落偏鄉街頭身無分文、一籌莫展。

「結果妳的幻想有成真嗎？」我問。

百合啜了一口咖啡，露出燦爛的笑容回答：「結果什麼都沒有發生！本以為印度的國內線班機一定不會準時，回程轉機會很趕，但實際上班機不但沒有延遲，還提早半小時到機場，因此安檢後，還有好幾個小時可以逛機場免稅店，我逛到都可以導覽機場了。而且印度人也很友善，有一次出去吃飯，同行的法國朋友在計程車上掉了錢包，司機還親自送回學院，一毛錢都不少。法國朋友說，這種事在歐洲也不一定遇得到。」

這讓百合學習到，很多的恐懼都是頭腦製造出來的，若是真的遇到麻煩，按部就班處理即可，一定能找到辦法。事前大腦天馬行空創造出來的擔憂，只是徒然消耗精力罷了。

百合從台灣抵達印度學院後，警衛遞給她一把三人房鑰匙，跟來自印度和波蘭的兩位室友同住。雖然百合的英文不甚流利，卻依然能用簡單的英文跟室友們交流，更重要的是微笑和肢體語言，是不分國界的表達方式。

學院的作息大致上是早上四點十五分搖鈴——這時千萬不要猶豫，趕緊掀開棉被起床，因為只要稍加遲疑，便會不小心睡過去，早課就泡湯了。

四月凌晨的印度依然寒冷，裹著厚外套、棉褲及披肩，伴著月亮及星光前往靜坐大廳，參加早禱。許多印度遵循傳統的瑜伽學院都要練習梵語的禱詞唱誦，讓修行人在梵唱中凝聚心神，展開一日的修練。

結束早禱後，老師會帶領大家做一個小時的伸展，從頭到腳活絡全身的關節與腺體，以及簡單的調息法練習，為接下來的靜坐做準備。

到了七點鐘，學院的斯瓦米吉們（Swamiji，印度對於修習瑜伽之道的出家人的敬稱）會前來一起靜坐，此時的大廳靜默無聲，連一根針掉下來都聽得見。針對不諳靜坐的初學者，學院有時也會為他們安排另一間教室，由老師口頭引導進入練習。

靜坐結束後是早餐時間，大家魚貫至餐廳享用早點，再進行業瑜伽（Karma Yoga）的練習，包括至各負責區域灑掃及整理房間。即使學院聘有打掃工人，但全體師生仍一起為周遭環境的整潔盡一份心力，掃地的同時也掃心，也是修行的一部分。

學院的早、午皆固定開設課程，含括調息法、瑜伽哲學、阿育吠陀等內容。如若是有經驗的學生想進行靜默練習，也會在跟老師會談後，給予不同的行程表，大致上以靜坐、持咒、哈達瑜伽為主。

各自練習或參與課程直至下午四點，午茶時間到了，前往餐廳喝一杯正港的印度香料奶茶後，又來到體位法時間，大家聚集在靜坐大廳一起練習，跟早課一樣，做完調息法後，再度與斯瓦米吉一起靜坐，直到七點以搖鈴告終。用過晚餐後，八點尚有一堂晚間課程，也可安靜地做自我練習，直到九點晚禱後，才返回房間就寢。

修道院的生活十分嚴謹，靈性修練是沒有假期的，不會因為週六、日就暫停練習，雖無老師盯著學生，要求準時出席每一堂課，一切端看個人的自律程度。但初來乍到時，百合對於迥異於台灣的作息確實有些不習慣，突然放鬆下來，身心皆十分疲倦，常常一睡就跳過晨練，直接來到早餐時間。

她平時都十二點多才就寢，因此到了印度晚上九點半的表訂上床時間，仍然睡不著，想要滑手機，但學院只有在辦公室門口才收得到wifi訊號。想到還要穿戴整齊，通過漆黑的廊道走去「露天網咖」上網就覺得好麻煩，只好打退堂鼓。沒有電視、影片等娛樂打發時間，眼看室友們都熟睡了，只好躺在床上看書，或者翻來覆去許久才終於睡著。

過了一週後，百合才漸漸適應學院的作息，雖然偶爾會翹課休息，但還是盡量準時去上課，生活步上軌道後，飲食跟睡眠正常許多，腸胃也不再悶痛不適。

百合還跟印度室友Aditi結為好友，兩人經常湊在一起展開台印文化交流。某天晚餐時，Aditi教百合如何徒手吃飯：「用右手把米飯推鬆，就像這樣。」她五指並用，先靈活地揉攪白米，再用大拇指、食指和中指捻起一坨飯，沾了一些豆湯，送入口中。而在吃烤餅時，Aditi喜歡將麵餅撕成小塊，丟入豆湯浸泡，讓碎餅先吸飽香濃的湯汁再撈起來，張嘴滿足地嚥下肚。

某天早晨剛起床，Aditi拉著百合說：「今天早上不要上課好嗎？我想帶妳去一個地方。」膚色微黑，輪廓鮮明的Aditi睜著一雙大眼睛，朝她咧嘴頑皮地笑。

百合驀然想起小學時，常跟隔壁鄰居球球約好在午休時，爬牆到學校旁邊的柑仔店買餅乾糖果。某次要回校時，身手矯健的球球一下子就翻過了牆，不料百合當天上午在體育課踢足球時扭傷腳踝，一蹬上牆就腿軟，怎樣也爬不過去……。

沒想到都快四十歲了，竟然還有機會翹課。她莞爾一笑，點頭答應了Aditi。

兩人先在房間靜坐半小時後，天濛濛亮，稍微梳洗過後，Aditi便帶著百合走出校門，穿越大馬路走了十分鐘，接著便轉進彎來拐去的小巷弄中，不久便來到一間百年聖母廟。這與其說是一間廟，不如說是個小洞窟，洞口既低又窄，要進入得要彎腰俯身，洞內空間也只能容納兩人入內端坐。

「我每次來學院，都會來到這兒待一段時間，這是我的祕密基地。」Aditi輕聲說。

根據Aditi所述，這間聖母廟至今仍有許多真正的修行人前來靜坐，百合闔上眼，收攝心神，感受這兒獨特的能量。周遭一片寂靜，僅有遠處傳來的雞鳴犬吠。宛若被一顆厚繭緊緊包覆，內在深深地被愛充滿，不需要任何條件，如此的感受既古老又熟悉，卻已不知遠離多久了。在重新觸碰之際，百合忽覺感動不已，眼眶頓時盈滿淚水。

兩人走出廟宇後，很有默契地同時保持靜默，Aditi帶著百合又走了好一段路，來到傳承的學院舊址。她們之前住的是新學院，但不遠處的舊學院三十年來依然保持原貌，雖然占地不大，但卻充滿寧靜的能量。

百合一進入舊學院，便毫無來由地哭了起來，猶如這輩子、上輩子的所有委屈和傷痛，不需用任何形式傾訴，卻瞬間被另一個更大的力量全然地理解與擁抱。這一點都不科學，更無任何邏輯，但在當下確實發生了。

Aditi陪在百合身邊，什麼也不說，什麼也不做。她懂得百合正在經歷的一切，於是讓逐步敞開美麗花瓣的百合，一個人安靜領受這些無法用頭腦思考的經驗，她知道百合能從中獲得珍貴的啟迪。

接著，Aditi帶著百合來到靜坐廳，在上師的畫像前坐了好一陣子，百合從頻頻啜泣到逐漸平靜下來，一次次感受到被強大的愛與溫暖包覆。而她很確定，這樣的愛已不是初次領受，如此深邃的愛，跟親人、愛人給予的愛很不一樣——那是如此無邊無際，完全突破時空閾限，但卻想不起來這一生中究竟在何時經歷過。

兩人離開靜坐室後，沿著後門陡峭的台階往上爬，眼前豁然開朗，美麗的恆河倏然映入眼簾。在恆河水岸的晨光中徒步一陣子，這才找地方坐下來，凝望清澈的流水發呆。

＊＊＊

許久後，Aditi露出平靜的微笑，第一次向百合訴說她的故事：「我的爸爸和爺爺，都是這個傳承的學生，因此我打從出生起就接觸瑜伽，從小在上師的祝福下長大。不過啊，小時候我沒這麼喜歡瑜伽，每次家庭成員的共同靜坐時間快到時，我總會偷偷溜出門，常被爸爸罵。」她朝百合咧嘴一笑，活脫是個調皮的小女孩。

Aditi擁有一個快樂的童年，家人都很疼她，她也很會念書，一路都是學霸。大學畢業後，家裡隨即幫她相親，找了一位也是婆羅門家庭的男孩，雙方家長都十分滿意，頻頻催促他們成婚，因此兩人認識半年後便結為夫妻。

但在婚後，Aditi的老公不到半年便外遇了，而且毫不掩飾自己的行為，擁有源源不絕的外遇對象，很少回家。這讓性情純良、初涉世事的Aditi崩潰不已，活在婚姻的挫折痛苦中，不知該如何是好。

某天她百般苦惱地回到娘家，見到靜坐中的父親，於是拉著一張毯子在一旁坐下，跟著爸爸練習一陣子，混亂的情緒逐漸平復下來。

「我第一次發現平靜不在外面的世界，而是在心底，於是重新開始靜坐，這也讓我想起童年跟家人相處的美好時光。」經過一年多的練習，她聽見內在強烈而清晰的聲音，要她返回傳承的家。

於是Aditi跟公司老闆請了一週的假，留了字條給久未返家的老公，搭飛機從印度南方的小城來到北方的學院。

「我一邊哭，一邊做著那些從小到大最熟悉的練習，將遺失的美好一片片撿回來。在沉澱之後，決心放下傷痛，重新開始。」憶起那段辛苦的日子，Aditi雖語帶哽咽，眼神卻仍堅毅無比。

「後來妳有回家嗎？」百合好奇追問，她已被Aditi的故事深深吸引。

「有，但經過那段時間的思索，我決定不再把精神放在這個男人身上。因為還有好多想做的事，不需要因為一個男人而毀了我的一生。」Aditi說，在印度要離婚不是一件容易的事，甚至只有一％的人能成功離婚，對於思想觀念較為傳統的婆羅門家族來說，離婚並不光彩，因此她目前也只能維持現狀。

不過這些年，她已尋得生存之道，除了持續工作賺錢，自給自足，供應自己去做所有想做的事。喜愛藝術的她也一邊習畫，一邊練習瑜伽，希望日後能成為畫家和瑜伽老師。

「我打算明年春天要回學院參加瑜伽師資班，現已剩下半年時間，我得要好好練習了。」Aditi雖才二十五歲，卻很清楚自己的人生方向，這令百合欽佩不已。

「那妳呢？」Aditi水靈靈的大眼注視百合的雙眸，準備傾聽她的故事。

百合告訴Aditi，她原本有個幸福的家庭，父親卻在她國小五年級意外出車禍過世了，打從接到醫院告知父親病危的電話開始，她瞬間揮別單純的童年。本來是家庭主婦的媽媽一肩扛起家計，早晚各兼一份工作來養活她和妹妹，常常到了半夜才回家。她就像是個小媽媽，帶著妹妹長大，家裡所有的家事都由她負責，煮飯、洗衣、燒菜從來都難不倒她。她還是個孩子，卻被迫要提早長大，表現得像個成熟的大人，因此從來都不敢表露自己的情緒。每天晚上睡覺時，她總希望媽媽能突然提早回家，好好擁抱她，但這等願望卻從未發生。

她極為渴望被好好關照，國中開始就談戀愛，但總是遇到不負責任的男人，或是依賴控制欲極強的媽寶，只會跟百合要錢，始終不願付出真心。在前幾年的某段戀情中，她不但供失業的對方吃住，甚至還幫男人繳清五十萬的債務，以至於男友賴著她兩年，還是不願意出去找工作。

最後，百合終於不堪負荷而要跟對方分手，男方卻不願意分，還到她的公司鬧得雞犬不寧，並且不斷跟蹤、威脅她。

「那時我三十歲，公司找了瑜伽老師來開課，我的身體狀況太差，又是由老闆出錢，想都沒想就報名了。這一練就將近十年，後來也成為瑜伽老師，回想起來真是太神奇了。」百合望著聽得入神的Aditi，笑了起來。

「我聽過一位瑜伽老師說，生命之母給我們許多功課，並不是要折磨我們，一切都源於愛，這些經歷是為了讓我們成長，變得更有力量。」Aditi有感而發地說，陽光悄悄灑在她削瘦的一半面龐，另一半則是陰影。

這個畫面讓百合感受到生命的陰晴圓缺自有時，所有的相遇與別離在當時，或許都充滿創痛。待沉澱後，才能品嘗到那份隱約的甘甜，然後由衷地感謝一切都是被包裝的禮物。

兩人又坐了些時候，才步下台階走向河岸，蹲坐下來，將雙手探進清涼的水中。

不遠處有位衣衫襤褸的老伯正捧著銅壺盛水，裝滿了便又倒入河內，接著迎對著朝陽合掌敬拜，反覆三次，最後才將手腳洗淨。當伯伯要離開之際，轉身見到她們，親切地點頭微笑。

此時，百合也不禁對這條孕育無數生靈的河流升起虔敬之情。宛如母親般地恆河，靜靜地從高山流向平原、鄉村、城市、大海，每個當下都奔流不停，超越了生老病死，以及前世、今生與來世的企盼與苦痛，瞬間即是永恆。

百合闔上眼，飛快地回顧一遍自己的生命經歷，以及卡在心中多年卻始終放不下的情感記憶。闔眼想像內心的那條橫亙無數時空的恆河，也該持續保持流動，將沉澱在心底的渣滓全數帶走。

兩人靜靜坐在河邊，直到Aditi與她的肚子同時發出咕嚕的叫聲，她倆相視一笑，這才手牽手，返回學院吃午餐。

＊＊＊

學院的每週四是靜默日，週三九點晚禱後，每位學生都該靜下心來，準備隔日的守靜。

靜默是一條通往「內攝」的道路。不只是言語上的靜默，還要讓心念保持靜默的覺知，最後就連想要說話的意念都沒有，從中淨化、充實、提升自己的心靈層次。

在印度的生活邁入第三週時，好友Aditi離開了學院。於是百合向學院老師Roni請益，是否能連續做三至五天的靜默，隨即獲得允可，還為她換了單人小屋。

「靜默時妳可能會浮現許多情緒，壓抑在心裡很久的感覺，終於有機會清理。需要聊聊的時候，一定要來找我。」留有一頭金色短捲髮的Roni老師是美國人，她露出溫暖的笑容，給予百合一個紮實的擁抱。

百合凝望著Roni如彎月般的雙眼，感到似曾相識，跟她相處好像也不需要太多言語，卻不知為何總想流淚。

隔天她在胸前掛上「silence」（靜默）的牌子，跟隨日程表作息，依序練習體位法、調息法和靜坐。

早餐前回房稍作休息時，突然聽見陣陣兇猛的犬吠聲。當百合抬頭朝牆外房屋的二樓陽台望去，見到兩條黃狗杵在一側的露台，而另一側的陽台則有一條黑狗，分別形成兩個不同的陣營，瘋狂地朝對方猛吠。

聆聽陣陣犬吠聲，不禁聯想這多像腦中的念頭，常常沒辦法控制，也毫無來由。一切是多麼地莫名其妙，卻又不斷地浮現，像閃電一樣響個不停，難以停止。心中許多的對立面不斷拉扯，這些掙扎真令人疲憊不堪，然而這些對立所產生的歧異與紛爭，是否根本就不存在呢？一切看似迥異的事物及選擇，或許只是整體中的一小部分，當我們站得更高、看得更遠，或許就能豁然開朗，知曉生命本就是圓滿無缺的，會不會就能很自然地靜下心來，回歸靜默呢？

某天早餐之後，**Roni**朝她遠遠地招手，遞給她一個水桶，然後領著她來到一處小園圃。兩人蹲下後，**Roni**示範如何拔草，先用手指輕撥草根旁的泥土，再徒手抓草一邊輕拉，一邊搖晃，便能將雜草連根拔起。

她將拔起的草投入水桶，開口解釋：「如果沒有把土撥鬆，露出來的雜草雖然拔掉了，但根還在土裡，很快就會再長出來。」

百合點頭，想起雖然歲月靜好、無波無瀾，但若沒有斬草除根，找到所有煩惱的源頭，讓心靈徹底淨化，苦厄依然會不斷浮出，反反覆覆、無從解脫。這大概就是一般人的宿命吧。她專注地除草，帶著淨化的意念一根根地拔，很是暢快，好似也順便除去內心混濁的渣滓。原來拔草不只是拔草，也是一種修行。

除完草後再去靜坐，竟然坐得更好了。當繁雜的思緒浮現之時，百合便會想起適才工作的情景，在每一個呼吸中撫平心中的皺褶，一根根耐心拔除所有的念頭，完全急不得。而拔除的草也不用保存下來，該丟的丟，該放的放，決心要放下的，就毋須再撿起來研究透徹，好讓心地恢復光潔清淨。

「放下、放下。」百合看著念頭升起又落下，總在練習中不斷提醒自己。

在學院裡修習，外界的干擾甚少，不開口說話是一件容易的事，但此時腦中思緒卻變得格外清晰，甚至吵鬧不堪。或許平時靠著說話、書寫及各種社交活動來發洩心中的百般聊賴，靜默時則不能倚賴平時的活動流瀉出來，很多的情緒和欲望暫時找不到出口向外流淌，正是能真正面對、清理它們的時刻。

靜默第四天的早晨，百合一起床就感到十分沮喪，坐在床沿，不由自主地眼淚直流。更衣後，拖著沉重的身軀前往靜坐大廳。當她聽見大夥兒唱誦的聲音，以及前頭上師的畫像，又無法抑止地哭了起來，覺得既疲倦又溫暖，同時難以言喻的悲愴壓在心頭，數不盡、道不清。

失控的她自知無法再繼續練習，於是跑到室外花圃邊的長椅坐著繼續哭，生命中無數仆跌的記憶與無從彌補的遺憾，猶如跑馬燈般，一件又一件輪番浮上心頭。

「好重啊，活著好苦啊！」百合在淚眼模糊中無助地想著。

忽然有人拍拍她的肩頭，回頭一看，是Roni。什麼都還來不及說，便給她一個暖心的擁抱。

她把百合帶到辦公室，那兒充滿淡雅的檀香味，交誼廳的整排椅子都鋪有軟墊，簡單而舒適，這樣的環境讓百合靜定不少。Roni遞給她幾張衛生紙，在她傾訴之時，不時握住她的雙手，拍撫她的肩頭。百合就這麼說了一個小時，好像將人生的卷軸從頭到尾翻閱了一遍，每一處縫隙與角落都不肯放過，把藏匿在心頭近四十年的一切全數傾倒而出，直到無話可說，整個人好似空掉一般，終於安靜了下來。

但就在那個當下，她感到被某道一閃而過的靈光接住，托在空中，不再往下墜落，停下來的剎那，忽然有種「懂了」的感覺，一顆心變得清醒無比。

「妳看得見這一切是為了幫助妳得到轉化嗎？好似事先安排好的劇本，每一個人、每一件事，都在最恰當的時刻出場、退場。上師的安排非常完美，只會給妳剛剛好的痛苦，剛剛好的挑戰，以及剛剛好的支持。一切都剛剛好，不多也不少。」Roni準確地將百合瞬間的頓悟說了出來。

百合點點頭，會心一笑，沉吟良久才繼續說：「只有遠離台灣熟悉的一切，心靜下來了，隔著些許距離，才能感受到過去這些事情發生的當下，實在痛苦，但站在更高遠的層次上去看，卻是上師給予最深的祝福。」

Roni笑著說：「有這麼一位上師真好，不是嗎？」

眼望Roni身後上師的畫像，事實上百合也沒見過在天上的祂，但連結卻是如此緊密。她靦腆地笑了，然後問：「但是，放下很難。有時我以為已經放下了，但其實只有表面罷了，內心深處卻還沒放下，根本是自欺欺人，究竟怎樣才算真的放下呢？」

「放下的方式因人而異，每件事都有其放下的方式，這就要靠經驗和智慧了。妳要對自己有足夠的認識，才能做到真正的放下。」Roni很慈愛地摸摸百合的頭，要她把「放下」做為接下來沉思的題目，好好地自我研究一下。

＊＊＊

當百合走出辦公室時，忽感世界變得不太一樣，她開始能感受陽光曬在皮膚上微溫的幸福感，花朵繽紛鮮豔的色調映入眼簾的豐盛感，幾隻蜜蜂擦過耳邊所發出的響亮嗡鳴，行過草地倏地衝入鼻腔深處的泥土草根香，以及當葉片從樹梢靜靜落下，恍若舞蹈般的美妙丰采。

走到餐廳用餐時，打菜的同學似乎心情特別好，朝她露出特別親切的微笑。直到百合啜飲溫熱香醇的牛奶時，才發覺自己也一直在微笑，或許前幾週大家都在對她笑，只是她從未察覺到。

想到這兒，百合再也無法不笑了。宛如照鏡子般，這一整天又更多人朝她燦笑，猶如一道道耀眼的光束，照亮重生之後的她。

「活著很辛苦，但活著真好。」放下後的百合，第一次感受從所未有的輕鬆感。晨間灑掃時，望著那些乾枯的黃葉，日夜持續不斷地飄落，從中領悟花開花落自有時，在汲取生命所需的養分、課題與經驗後，該過去的就要讓它過去，別成為未來的牽絆。帶著愛與感謝，讓一切回歸塵土。哪怕是面對死亡，這場終極的放下，也必須在愛中死亡，在愛裡放下。

在結束靜默的夜晚，她告訴Roni，能夠回到當下，同時感受生命的堅韌與脆弱，真是好。「或許我還未真正進入靜默，只是在邊緣徘徊，但嘗到了幾滴蜜，就足以讓我打從心底快樂起來，感到充實無比。下次再來，我一定要再好好練習一遍。」百合雙眼發亮，由衷地許下心願。

在離開前一天的晚禱後，Roni擁抱了百合，告訴她：「孩子，妳很快就會再回來。這裡永遠是妳的家。祝妳一路順風。」

隔日下午，百合便在眾人的祝福中搭上飛機，順利回到台灣的家。

＊＊＊

聽完百合述說她在印度的經歷後，我不由得感嘆：「妳雖然只去一個多月，但卻好像過了一年，真是太充實了。」

「對我來說，這只是練習的起點而已。從印度帶回的許多作業，還得認真完成，不然實在對不起這次幫助我的人們了。」百合說。

後來，百合決定要當一位正職瑜伽老師，不再返回公司上班，專心練習和教學。雖然剛開始收入不太穩定，但她很確定，這才是自己真正想走的路。而她也決定每年都要回到學院，一再練習那些她已經學習，但卻尚未學會的；畢竟生命總是不時出現魔考，但值得慶幸的是，總有個地方能在心力交瘁時收留她，讓她在瑜伽練習中逐漸找到內在的力量。

百合在印度修行的故事，讓我想起瑜伽大師斯瓦米・韋達在《夜行的鳥》（*Night*

Bird）一書提及，梵文動詞字根「man」含有思考、冥想、靜坐的意思，所以「人」（man）這個字，指的是會靜坐冥想的生物。而「靜默」（mauna）一詞是安靜坐著沉思默想之人的行為、習慣、本質和性格，「僧人」（muni）的字義則是性情沉默之人。「靜默」和「僧人」這兩個梵文字皆衍生自同一個梵文動詞「man」，因此最高尚的人，也就是沉默的人。

在活著的每一天，無論是受困荊棘叢中，抑或是逍遙自得時，都能試圖走進靜默的洞穴，猶如潛進神性的大海之中，飽覽浩瀚無垠的內在世界，或許就能親身驗證大師們那句令人神往的話語：你的內在本就是澄澈、純真而完美無缺的。

做家事時的練習處方

修行不只在靜坐墊上，只要保持覺知，行走坐臥，以及日常生活中的每件瑣事都可以成為禪修的一部分。

就讓我們從洗碗開始吧。

在進行一切動作前，先感受呼吸，放鬆全身的肌肉，尤其是臉部、肩膀和雙手。待心情平靜後，才打開水龍頭，拿起碗、洗劑、菜瓜布開始搓洗。打開你所有的感官，聆聽清亮的水聲，用指尖感覺水的溫度與觸感，像一個旁觀者般地留意自己的動作與心念，全然沉浸當下。

想像碗盤就是自己的心，一頓飯後，總會留下油汙或食物的痕跡，而一顆心在乘載每日的繁忙行程後，也會沾染許多汙漬。看著碗盤在搓洗後變得乾淨明亮，水流帶走雜質，內在也同時獲得洗滌及轉化，在關掉水龍頭之後，又能重拾清明愉悅心。

出口

我的心破了一個洞。

繪本中的女孩胡莉亞，原本很快樂地跟家人在一起生活，但有一天她的心破了一個超級大的洞，不僅得忍受冷風颼颼吹過，還長出許多可怕怪物，又不時吸進一堆垃圾。

這個洞愈來愈大，於是她找了許多「塞子」想把洞填滿，例如甜點、手機、電視、寵物、酒精、藥物、伴侶等等。她不停向外尋找，但卻徒勞無功，最後只好放棄，癱軟在地，痛哭失聲。

此時，女孩忽然聽到地底傳來一個聲音：「不要再往外找了，要從裡面找喔！」她困惑地低頭望著心的大洞，慢慢進入深邃的洞中。洞裡湧現繽紛的色彩及悠揚的旋律，她見到一個從未想像過的奇妙世界，一步步帶著她返回熟悉的家園。

發現新大陸的女孩，開始了解到每個人都有自己的魔法世界，於是打開自己的心與人們連結，讓洞與洞串聯在一起，不再孤單。藉由這個過程大洞變成小洞，不斷地繼續縮小。然而這個洞並沒有完全消失，就是因為心裡有個洞，女孩方才能隨時回到內在這個充滿驚喜的世界。

＊＊＊

今年的印度閉關再度來臨了。

瑜伽一直是我生命中最大的冒險。從心的破洞處啟程，將我引領至全然的未知。而這意料之外的歷險，又將我帶往荒漠破敗之地，但在穿越苦澀、劇痛與困惑後，一覺醒來，卻置身於內在深處最富饒、寧靜的所在。

在這個年頭，任何人宣告自己正在練瑜伽，所練的究竟是什麼？都可能南轅北轍，迥然不同。有些人要運動、減重、健身、強化核心肌群；有人要療癒、放鬆身心、解除失眠、痠痛、改善體態；有人則要尋找心靈的安頓，不再徬徨憂傷。

一般人最早接觸瑜伽時，大都以為瑜伽只是運動，畢竟現代人是如此包裝瑜伽。而再深入一點，可能知曉這些動作名為體位法，除此之外，還需要練習調息和靜坐。

雖然知道瑜伽不只是擺出姿勢而已，還有更豐富的內涵，但總是懵懂模糊，說不清楚究竟瑜伽是什麼。想到書本中瑜伽士的模樣，好像是一種修行，再翻了幾頁帕坦加利《瑜伽經》，對於裡頭講的修行方法有點似懂非懂，似是很有道理，卻跟課堂上老師教的瑜伽動作沒有太大關係，完全跟自身經驗連結不起來，猶如兩條實線有這麼一點交集，但卻始終是平行、岔開的。

算了，這似乎也不影響練習，不再追本溯源，就繼續把它當成運動好了。於是按照自己選擇的方式走下去，一晃眼就過了許多年。即使只練體位法也能讓身心變得強健、穩定，但總覺得可以再更進一步，暗自摸索、跌跌撞撞，直到某個契機終於出現，才有機會更深入核心。

我每年都會挑選一段時間，來到位於印度北方瑞施凱詩（Rishikesh）的瑜伽學院，展開靜默練習。

究竟什麼是靜默呢？平常一個人居住，或者獨自去旅行，有時整天都沒有說話的對象，但這並不是靜默，因為即使不開口，頭腦及感官依舊活躍。據說即使僅有說話的念頭而不開口，血壓也會瞬間升高。

真正的靜默是一種深刻的心靈寂靜，那是無法用語言傳達的境界，走在「內攝」

的道路上，練習制伏所有的感官、知覺，使之達到靜默的狀態，最後就連說話的念頭都沒有了。心猶如大海，人若能真正突破低頻淺層的流域，潛入深沉靜默的層次，就會像先知聖人一般，任何人只要靠近你，哪怕是暴躁憤怒之人，都會立即安靜下來。

當我們用到心念的時候，大腦及其中的交感神經就會活躍起來，除非是熟練靜默的瑜伽大師，能夠在從事創意活動、演講、書寫時，仍能讓心與腦保持在靜默的狀態，不受到外界及行動的干擾，這是很不容易達成的境界。因此一般練習者在靜默中，除了遵守不上網、不閱讀、不交談、不離開學院的原則之外，也需要藉由練習填滿一天的生活，因此只要承諾靜默，就得二十四小時遵循時間表作息。

每天四點即起，五點早禱（Prayers），接著練習哈達瑜伽，伸展後是調息法、靜坐，全部完成後八點用餐。九點做業瑜伽，大家分頭打掃環境，到了十點的沉思步行（Contemplative Walking），可以選一塊草地或走廊進行有覺知的走路，然後持誦梵咒（Japa）一小時，休息片刻後，練習左右鼻孔交替呼吸法半小時後，才能用餐。

下午做完消化呼吸後，有一段午休時間，直到三點，可以繼續練習持咒，或者放鬆練習（Relaxation Practice），做完後可以喝點香料奶茶。然後又來到了哈達瑜伽時間，跟早晨一樣，練習完後做調息法與靜坐，接著七點是晚餐，用餐後可選擇寫靈性日記、持咒或靜坐，或休息一下。九點鐘是晚禱，之後就寢，或想再持咒、靜坐片刻也行，最後帶著覺知入眠。

守靜期間要做一整天的瑜伽練習，依循《瑜伽經》的教導，一項接著一項，完整而深刻，同時又保持靜默，持續數日、數週，甚或數月，因此練習的效果得以維持和累積，這跟在台灣只做一小時的體位法及短暫調息、靜坐的感受是相當不同的。

抵達印度後，在學院休養幾天，才正式開始靜默。戴上寫著silence的牌子，默默宣告這段時間將不再言語。

＊＊＊

Silence day 1

今天開始靜默。剛好遇到週四的靜默日，因此早上七點坐完後，十點到十二點鐘大家一起繼續練習，傍晚六點又再坐了一次。

學院正在進行修繕工程，靜坐時不斷聽見工人說話及敲打、機器的噪音，由於這麼多的聲音圍繞著我們，不少同學坐立不安，因此斯瓦米・瑞塔凡跟大家致歉，並且說了一個故事：

以前有位醫生來印度找斯瓦米・韋達練習靜默，但才過了三天，他就說要打道回府了。

斯瓦米吉問他為什麼，他說，學院真不是一個安靜的地方，有各種嘈雜的人聲、車聲，實在讓人無法靜下來。他想回到家鄉森林中那片屬於自己的營地，那兒有悅耳的蟲鳴鳥叫聲，大自然才是練習靜默的好所在。

當醫生回去之後，韋達大師很慈祥地說，這位醫生雖常教人靜坐、瑜伽，卻不了解靜默的真諦。靜默跟外在環境沒有任何關係，重點是你的心是否能進入深沉的靜定，不受外界噪音與念頭的干擾。保持覺察，觀察外在世界是如何地影響你，而你的心浮現了什麼情緒？是生氣，還是煩躁呢？然後看著它升起、消失，重新回到呼吸，跟著so ham的樂音流動，不讓任何人事物干擾你。不要被牽動，不斷返回你的內在空間，此時靜默或不靜默，靜坐或不靜坐，其實都是一樣的。

我是個很怕吵的人，按照老師所說，在這看似容易分心的環境靜坐，是個絕佳的練習機會，能夠幫助我突破心的喜好與慣性，那就繼續實驗下去吧！

Silence day 2

今天的煩躁感更深，也更加疲憊。早餐後頭昏眼花，倒頭睡了一個早上，躺在床上動彈不得，像是快死去一般。兩小時後才醒來，通體舒暢，根據以往的經驗，靜默第二天通常是這樣的。

平時累了也不得休息，必須把行程跑完，就算身體不舒服，也得咬牙撐過去，想起來覺得好辛苦，常常勉強自己，現在終於可以放下了。

當然要真的完全放下，必須等到離開身體那一天，但在靜默裡睡醒的那一瞬間，身心輕盈、充滿安全感，這樣的恩賜正一點一滴療癒著我。

昨天晚課時勇伯說，韋達大師給靜默的人最重要的一句提醒就是「放鬆、放鬆、放鬆」。

放鬆吧！希望這次靜默能比以前更鬆，沒有勉強，更能按照身心自然的步伐，慢慢進入狀況，獲得最好的調養。

昨天有去上哈達瑜伽，但總覺得哪裡不對勁，所以今天下午試著在房間完成自我練習，加強特別需要伸展的部位，放鬆緊繃的腰部跟髖部。這真是非常安靜而舒坦的過程，練完了，才跟大家一起靜坐。直覺告訴我，這次守靜期間的體位法更適合自己練習，讓接下來的靜坐更得力。

第二天就非常享受了，二十四小時完全屬於自己，沉浸在練習中，不被任何人事物打攪，一生中能有幾回呢？

好好休息吧。

Silence day 3

剛剛晚禱後，我跟某位長住在學院的斯瓦米吉行禮，因為是年長的出家人，就叫他斯瓦米吉阿公好了。

他很親切地說要請我吃飯。領我到了房間，要我坐在靜坐毯上等他煮食。房內有個小廚房及兩個生滿鐵鏽的老舊瓦斯桶，地上擺著紅蘿蔔、馬鈴薯、花椰菜等簡單食材，以及一把削皮刀。

他說，多年來遵循不吃外食的原則，三餐只吃自己煮的食物。房內沒有冰箱，我猜他經常去市場採買蔬果吧。

環顧室內十分簡陋，沒有床跟電扇，僅鋪了塊薄布在地板上，看來他每晚僅裹著兩張薄被入睡。一旁有個衣櫥及老舊生鏽的電暖爐，小小的祭壇上擺著上師和神明的畫像，幾乎見不到多餘的物件。如此簡單樸素的小屋，跟外國人住的房間有著天壤之別。

我心想，這才是真正修行人的居所啊，我們都只是在度假罷了！

他取了自己的碗，裝了炸蔬菜給我，這碗太燙手，遞來時沒拿好，竟直直摔到地上，幸好不是熱湯。他一邊喃喃說著「Oh My God」，一邊把菜撿回碗中，我則緊張得直說抱歉，不小心打破靜默。他安慰我沒關係，實在太燙了，然後撕一小張舊報紙墊在下方隔熱，讓我把碗捧回房間。

斯瓦米吉阿公煮的食物十分美味，是道地的印度風味。洗好碗後，我在他的碗中倒了些香蕉乾跟Laddu（某種印度特有的球型甜點），還有一顆台灣的冰淇淋糖果，擺得漂漂亮亮地端回去送給他，做為這一餐的回報。

聽說印度人很好客，相信人們來家中作客，就像神明到來一樣帶來好運。他要我明天再去蹭飯，但還真有些不好意思啊！

Silence day 4

半夜驚醒，腦中閃過許多影像，有些是熟悉的情景，有些是陌生的場景，一幕幕在腦中上演，心中大慟而哭泣不止，分不清何為現實、何為夢境。哭醒後又睡了一會兒才去靜坐。

今天是滿月靜坐，結束後還發了甜點，也見到斯瓦米吉，他給了我一個擁抱。

掃地時突然覺得，這不知從何而來的悲傷雖然參不透，但真像人生，哪天離開了這一世，回頭再看那些愛恨情仇，說不定也是一場情感強烈，卻莫名其妙的夢吧！一切真實而虛妄地存在，有些事確實發生過，但也恍如大夢一場，醒來才發現，過往也不過就是一場美惡交織的夢境罷了，一切都會結束，也終將放下。

每回守靜幾天後，都會察覺有股熟悉而混濁的能量不斷影響我，從小到大常受此宰制，直到多年前開始靜坐、持咒後才能慢慢控制它。我了解這是心靈底層的伏流，不可能完全去除，因為它也是我，我不能殺死或排除人格中的任何面向，只能淨化、照顧、安頓它，由內在更有智慧的層次妥善引導它。

每次靜默都要學習跟自己不討喜的部分相處，保持距離，做一個旁觀者，不墜入漩渦深處，就像勇伯前幾天說的，所有的情緒都會出現，也都會過去，沒什麼是不會改變的。

其實不只是靜默，日常生活中也應如此跟自己相處。不可能消滅或抹除陰暗的面向，但可以溫柔而充滿智慧地站在一旁凝視它，靜候風暴慢慢過去。讓一切自然流動，回到內在最深處，即使與最不堪的情緒和記憶相處，也依然無懼而真誠，一次又一次地練習，讓自己愈來愈強韌。

Silence day 5

只要不緊抓情緒，所有的痛苦悲傷很快都會過去。

在靜默中不能講話，除了練習之外，也無法做任何事轉移注意力，正能好好觀察情緒，專心跟自己相處。

保持流動是很重要的練習，前一刻飽受情緒干擾，下一刻卻能進入深沉的靜定，感受雜質逐漸沉澱，順水而流。

我不是情緒，我只是在那些當下被情緒打攪了。清明愉悅心一直都在，從未離開，當下的專注讓一切都很美麗，沒有好壞之分。

今天又打破了一次靜默。早上見到一位斯瓦米吉阿嬤脫下鞋子要進廟裡參拜，我一直站在旁邊顧著她，怕她跌倒。當她出來之後，見到我腳下從台灣帶來的洞洞鞋就說：「這鞋看起來很不錯，是在市場買的嗎？」我正在靜默，便搖頭表示不是，於是她轉身步履蹣跚地離開了。愣了五秒鐘，我脫下鞋子，追上她，然後打破靜默開口說，想把鞋子送給她，還攙扶她試穿。

可惜她腳太大了，穿不下。她微笑著握住我的手，給我一個紮實的擁抱，跟我道謝，讓我心中也充滿了愛。

如此的連結實在太美麗了，此刻我仍感到溫暖。

阿嬤給我一種很熟悉的感覺，似曾相識，好喜歡她。

Silence day 6

今早見到昨天那位阿嬤在旁人攙扶下，走入我小屋後方的房間。她年紀很大，有著嚴重的駝背，因此步履蹣跚，走起路來很辛苦。

於是我便拎著掃帚敲了門，再一次打破靜默問她，需不需要幫忙打掃？我想她一定是需要的，駝背又行動不便的她，肯定無法彎腰提重物。她很開心地請我進來，指著浴室兩桶用洗衣粉浸泡許久的衣物說：「妳能幫我洗乾淨，再拿到太陽底下晾乾嗎？」我說，當然好囉。

她的衣物真的泡了太久都沒洗起來，上面生滿小蟲，而房間地板也積了一層厚厚的泥沙，看得我很心疼，於是跟她說：「我可以每天都來幫忙嗎？」她微笑點頭，然後請我坐在床上，要我寫名字給她，而她也把自己的名字寫給我。

此時有位男生敲門要為她送東西，見到阿嬤在跟我講話，便跟她說：「啊，這孩子在靜默耶，不能說話。」接著轉頭對我笑說：「以前韋達大師都要我們在斷食中才用餐，在靜默中才說話。」我點頭表示了解，阿嬤也很慈愛地將食指放在唇前比了「噓」。

但要走之前，我還是忍不住開口問她：「水夠喝嗎？要不要幫妳倒？」她指著地上兩瓶水：「夠喝的，謝謝妳。」

回到自己房裡後，我忽然了解一個人內在的自私和無私是並存的，無私的奉獻是多麼令人喜悅的事。身而為人，都有一心只為他人利益行動，毫不考慮自己的時刻，但這不代表自私完全消失了，只是透過練習，訓練小我能夠去愛人，向世界敞開，不害怕接受他人的付出，也不吝於無私地給予，讓手心朝上或朝下都是自在的。

人不可能獨自一人存活在世界上，我們需要別人，別人也需要我們。就像這幾天斯瓦米吉阿公煮食給我吃，而我也幫斯瓦米吉阿嬤打掃，無論被愛或愛人，誠心接受、給予就好，在那個當下是平靜、快樂的。透過業瑜伽的練習，我好像又能體會一些了，這都要感謝阿嬤的教導。

晚上靜坐結束後，斯瓦米吉阿公又跟我招招手，說要煮東西給我吃，這回我自在多了，大方接受他的好意，坐著看他專心烹調，忽然覺得很感動，上次這樣靜靜等待別人為我煮食，是多久以前的事了呢？這一份無私給予他人食物的心意，實在貴重。

韋達大師說，如果有人安詳地用愛心為你準備食物，你體察到這份心意而享用，這樣的食物就能提供更多的能量。因為愛會透過準備食物的人的十根指頭，傳送到食物中。

捧著炸珍珠丸子回房享用，有辣椒跟番茄兩種口味，麵團裡還有類似台灣珍奶裡小珍珠，口感奇特。心中暖暖的，謝謝這份無價的愛。

Silence day 7

這幾天清晨常有許多情緒浮現，早上勇伯大概是感覺到了，靜坐後走過來，輕拍我的肩頭，朝我微微一笑。

走回房間的途中，感受這不言之中傳遞的溫暖，忽然覺得自己很安全，學院有這麼多老師看顧著，我不會崩潰，更不會受傷，真的不需要擔心。但為了變得更有力量，我需要在靜默中提起勇氣，去面對記憶和情緒的波濤，親自走完整個歷程。

靜默並不是一個純然「靜」的體驗，情緒會以各種形式忽然湧現。它就像一台無時不刻在耳邊高聲播放的收音機，初階練習者如我，需要的只是靜靜聆聽，並在瑜伽的各種練習中削減情緒的影響力，因此我常有靜坐前心惶惶然，但坐完後再看，適才的混亂震盪，已然不復存在。或許有一天，我能直接將收音機的音量轉小，或者直接關掉，完全不受打攪，那又是更深一層的練習了。

修行是一條歧途，真的不好走。情緒讓人覺得累，卻又無法不理它、趕它走，既然來了，就要看著它來了又去。別跳進泥淖，要能安靜地面對自己內在的一切，是多麼不容易的事。

這是這幾天面對情緒的感受，就像是走在懸崖邊俯瞰萬丈深淵，卻知自己不會掉落，一切都只是幻象。心中曉得這樣的探索是安全的，我是受到保護的。眼前心上景象變幻無常，回到練習中，才發現所謂的困境是可以瞬間瓦解的，一切唯心所造。

頭腦製造了各種欲望、恐懼、感動、痛苦、快樂、哀傷，我已經默默看了七天。現下剛做完一場放鬆練習，再度清醒地看著這些情緒，我創造了它們，卻也不斷因它們而受苦，是不是能稍微停下來了？

在靜默中，原來跟日常生活一樣，也經驗了一次又一次掀起與平復的歷程，一切自然而然地發生、演進與消融，這平靜的是誰，受苦的又是誰？是誰在清理，又是誰在轉化呢？

如此不著痕跡，彷彿只是大夢一場，不會開始，也從未結束。

Silence day 8

拉瑪上師說，冥想是指一層接一層地，溫和地測量每一層次的自己。至少對你自己誠實，不要在意別人怎麼練習，讓你的心智專注於你的目標。

長時間的靜坐，讓我更加了解這段箴言的意涵，愈是誠懇，愈是善待自己，就愈能深入地認識不同層次的自己。

我不但看見自己的清明、無私、勤奮、積極、智慧，也跟自己的混亂、貪婪、自私、懶惰、逃避、昏沉相遇，那些都是不同層次的我。在冥想時認識這些人格特質，接受它們的存在，並期待透過長期的練習，較高層次的我，能有力量去引導低層次的我。

始終像個旁觀者似地保持覺知與開放的態度，安靜地看著，是我唯一需要做的事。

Silence day 9

靜默的這幾日，每天在凌晨半夢半醒之間，腦中總會自動播放一齣齣寫實劇。有時只是單純的情緒湧現，沒有任何聲光畫面，有時則是零碎的殘影，斷斷續續，似曾相識。

而今大魔王終於到來。那幾年的傷痛記憶，在一瞬之間快速而鮮明地流過，我毫無心理準備，被動地觀看一切，不禁全身顫抖、痛哭失聲。如非必要，不願想起的過往，雖經長年整頓，傷口漸漸癒合，但陰影卻依然潛伏在暗處，揮之不去。

「謝謝你來了，經歷多次閉關，你都沒有出現，謝謝你，終於來了。」我一邊難以抑止地大哭，一邊感謝它的到來。

終於有力量去面對，記憶便亮晃晃地揭開了。

我一直以來的心願，就是能淨化一切的恐懼、欲望與執念，為此我也一再祈請上師。

沒有逃跑，就只是安靜地躺在床上凝視一切，不知過了多久，流了多少淚，忽然有種深層釋放的感受，在難以言喻的輕盈中，再度沉沉睡去。

隔天來到靜坐大廳時，竟有種過了好幾天才回返的感覺，昨夜那場心靈戰役實在太驚心動魄了。調整好身體與呼吸，逐漸融入靜心的狀態，原本的經痛竟也緩和了，無波無瀾地完成早上三小時的靜坐。

到了中午，跟斯瓦米・瑞塔凡約了一場會談。我告訴斯瓦米吉在這次靜默中浮現的一些令人難過的回憶，他安靜聆聽後，很慈祥地告訴我：「靜默的過程就像是洗盤子，經過洗滌的盤子就是你的心，乾淨而無染，而底下的髒水就是傷心的記憶。每個人的生命中都有痛苦，你有、我有，大家都有，如果你一直望向混濁的水，便會不斷感到難受。」

「那有可能把髒水變得潔淨嗎？」我淚眼模糊地望著他澄澈的雙眼。

他搖搖頭：「髒水永遠是髒水，既然髒了，就不可能變得潔淨。但你可以不斷洗盤子，把心洗乾淨，而不用去在意那些汙水。」

他沉思了一會兒繼續說：「而這些年你不斷在練習中淨化自己，並帶給人們喜悅和教導。過去的一切已讓你獲得成長，讓你更加強壯，生命給予的教導都很有意義，不是嗎？」

我點頭，微笑了。

晚間靜坐後，正式結束這次的靜默。經歷這麼多天的考驗，好像無時不刻地站在一張大鏡子前，如實面對自己的殘缺與美好，以及當下的種種情緒。這是個非常需要勇氣的過程，然而走過了，便不再回頭，讓心中盈滿力量，足以面對未知的挑戰。

＊＊＊

結束靜默後的隔天，在餐廳午餐時，遇到一位來自雲南的女孩穎，綁著兩根粗辮子，身穿花花綠綠的長裙，配上素色白衫，腕上套著銀製手環，說話時一雙靈動的大眼睛骨碌碌地轉著，令人印象深刻。

穎是第一次來印度，她學習瑜伽大約一年，一直嚮往前來瑜伽聖城瑞施凱詩朝聖，於是在大學剛畢業這年，訂了機票圓夢。

午後，我跟她相約一起前往恆河畔散步，穎帶著單眼相機，很興奮地到處拍照，因為沒在看路，還差點踩到地上的牛糞，好在千鈞一髮之際被我拉住。

「印度真是個奇妙的地方，外頭這麼骯髒吵鬧，可卻又是心靈的家鄉，反差很大！」穎邊說邊拍了幾張牛兒啃草的照片，嘴巴跟手指都停不下來。

還想繼續往前走，但陽光實在太過燒灼，十分鐘後，我們決定退到一旁的樹蔭下休息。並肩坐在幽靜的河畔，穎似乎也靜了下來，沉思半晌才開口問：「這是妳第幾次來印度？」

我用手指頭數算了一下：「第六次，除了第一次是到印度其他城市，其餘五次都是來學院，有時上研習課程，有時自己做靜默練習。」

「原來妳來這裡這麼多次了，印度這麼大，不會想要到其他地方看看嗎？」穎是個喜歡旅行的人，雖然年紀輕輕，卻已是相當資深的背包客了，只要有假期必定遠走高飛。

我笑著模仿印度人，先搖搖頭，又再點點頭，惹得她哈哈大笑。「有機會多看看這個世界固然很好，但我更有興趣的是探索內在風景，比起外在世界，心靈的景色更是萬化多端，如果妳會深入探尋，就會知道我在說什麼。」

「我喜歡練瑜伽的原因，就是做完會感覺平靜，像是飛到很遠的地方旅行，一個人獨坐在海邊的沙灘上看夕陽，或是在山頂上吹風一樣，很安靜、很舒服。」穎露出甜美的笑容，滔滔不絕地分享旅行的趣事。

乘涼一陣子後，我們又繼續沿著河岸步行。她說昨晚在學院聽了一場關於靜默的演講，覺得很有興趣，問我這是第幾次靜默了？

「第十次。」穎聽了「啊」一聲，露出驚訝的表情。

我也是被她一問，算了算，才驚覺原來已經十次了，於是接著解釋：「旁人看我好像一直來同樣的地方，做相同的練習，但其實每次閉關都很不一樣，一定要真正進入，才會知道此次的功課是什麼。生命不斷往前推進，生活也會遇到各種狀況，身心狀態也一直在變化。因此每次回到靜默之中，都會因應當下的情況而有不同的功課，有時也會遇到很大的困難，但如能順利穿越了，就會很有收穫。」

穎想了一下，搔搔頭說：「我做瑜伽時，最困難的就是身體僵硬，一直彎不下去，怎麼拉都還是很緊，那妳在靜默時最困難的是什麼？」

「最難的是跟自己的情緒和念頭相處。平常覺得煩躁和難過時，多半是找得到出口的，譬如找人訴苦，或者以看書、聽音樂、吃東西等等方式來轉移注意力。可是靜默時，只能安靜地看著這些念頭來了又去、去了又來，除了瑜伽練習之外，什麼也不能做，也沒人幫得了妳，因此靜默能讓心靈變得獨立而堅強，也更能接納、了解自己。」我想起這次的經歷，有感而發地說。

穎皺了一下眉頭：「聽起來真的不太容易，把自己關起來面對情緒，應該不太好受，我還是先練體位法就好。」

「瑜伽練習有不同階段跟層次，每個人也都有自己的選擇。不過在靜默時，也有機會感受那份深入寧靜的甜美，只要不小心嘗到一次，就再也離不開了。這是一般單純只練體位法的人所難以想像的美好。」我說。

穎似懂非懂地點了頭，兩人又靜靜走了一段路，各自梳理腦中思緒。

當她再度開口時，問我是怎麼開始練習瑜伽的？「因為睡不著覺。」我笑了，接著反問她：「妳呢？」「我太愛吃了，尤其喜歡麵包和炸雞，每天吃個不停，所以想要減肥。」她大笑。

瑜伽就這麼把我們帶來了瑞施凱詩，剛開始只為解決身心的困擾，不料卻走向靈性的追尋，真是當初所意想不到的。

「人生真是出乎意料，我以前也從未想過會變成瑜伽老師。」雖跟穎認識不久，但我後天就要離開印度了，又剛從靜默中出關，也放下了一些事，忍不住跟她說起自己的故事。

在我十七歲那年，醫生宣告我得了憂鬱症。很多人問我當時為何會得病，總該有一個明確的事件導致憂鬱，譬如遭受虐待霸凌、工作不順、課業壓力、父母離異等等。他們想聽見一個理路清晰的故事，又或明確具有因果關係的解釋，但我卻只是搖搖頭，無法回答他們。

生命是一個盤根錯節的構成，非單一線性的呈現。通常導致一個人罹患憂鬱症的某個事件，只不過是個引爆點，並非單靠改變某個外在因素就能「解決」憂鬱症。

真正重要的是在日常生活中，各種複雜的內外在因素所長期累積的壓力及破口，以及隱藏在表象深處的生命歷程，值得花費多年去探究和療癒，並嘗試突破。如此靈魂才能充分躍升、進化，也因此能真正面對並走過憂鬱，絕對會得到相當大的成長。

那時我才高三，常常睡不好，情緒低落到沒法上課念書。幸而遇到輔導室的小羊老師，第一次擁有能夠敞開心扉、暢所欲言的對象，放心開啟情緒的閘門，不再克制壓抑。雖然處境艱難，但還是推甄上了心目中的理想大學，不過前往花蓮生活後，身心狀況依舊沒有好轉，常常奔走醫院，接受心理諮商，照三餐吃藥，每天都覺得活不下去，必須要很努力才能勉強撐完一天。

內在的日出從未東昇，見不到盡頭的漫漫長夜，不知為何要活著，只能不斷從文學與寫作中尋找答案，但卻像是陷進一個又一個的圍城當中，猶如一隻飛來鑽去的無頭蒼蠅在原地打轉。在書寫中自問自答，卻永遠找不到真正的解答。

當時的我幾乎每個學期都住院。只要感到毀滅自己的念頭頻繁出現，醫生就會建議我到急診打速效的鎮靜劑，或留院觀察一段時間，讓爸媽憂心如焚，趕緊請假搭機到花蓮探望我。

在異鄉獨自拎著行李搭上計程車，往返學校及醫院，透過車窗望向東台灣美麗寬廣的山川天際，卻是滿心孤單寂寞。慘白而困惑的抑鬱青春，尋不得生命的意義，在針藥之間求不得解脫。即使痊癒後，回想這段過程依然痛苦不堪，花費多年時間，才為這段記憶找到最適切的解釋與安頓之道。

後來我到新竹念研究所，又經歷一段非常混亂的日子，還是一樣嚴重的憂鬱症，甚至在家門口把腿給跌斷了。天崩地裂了一回又一回，在黑洞的邊緣不斷自我拉鋸，幾乎粉身碎骨。無數次想放棄卻依然堅持下去，因為深知絕對不能這麼死去，太可惜了，就這麼一天天地在生命的寒冬中勉力求生。

所幸在研二的時候，遇到一位很懂我的指導教授——春天老師，她給予我很多關愛，充滿了同理，並引領我深入學術研究。跟在她身畔學習，獲得很多陪伴與成就感，找到美好的著落點。而在小城市之中，人與人之間的接觸頻率，要比好山好水的花蓮密切多了，也結交到許多朋友。有人問我是怎麼好起來的？或許並不是單一的原因，而是生命的整體情境讓我找到力量，以及過去所有累積的能量與努力，終於促使我順利走到轉捩點。

大概是研三時，學校的心理諮商師，以及醫院的精神科醫師，完全不相干的兩人，剛好同時要離開這座城市，於是我也就順勢停止長達七年的正規醫療。這個決定其實有點風險，不建議任何人仿效，但現在回想起來，這真是一個奇妙的時刻，好似提醒我，終於順利通過這段考驗，下一階段的功課即將展開。

＊＊＊

是的，接下來是瑜伽。

雖然不再就醫，但仍有安眠藥的戒斷症狀，身心皆依然渴望藥物的幫助，搞不清楚究竟是害怕沒有吃藥而睡不著，還是因為沒吃藥而無法入睡。睡前常預期性地感到焦慮，常常深夜一躺便到了凌晨，天亮了，卻還未睡去。

櫥櫃裡還存放一些以前的處方藥，我總會把一顆切成好幾份，睡前配水吞下，安慰自己有吃過藥了，一定可以睡得著。後來爸爸也幫我到家鄉曾經求診過的醫生那裡拿過幾次安眠藥，讓我備用。疲憊的身體正龜速調適，內心惶惶不安，不確定是否撐得過這一關。

這時我在路上拿到一張傳單，得知學校的健身會館即將開幕。我猜想動一動可能比較好睡，於是買了幾張上課券。沒想到這個簡單的念頭，就此讓我從一個文學人轉變成了雙棲的瑜伽人。

我還記得第一堂瑜伽課的大休息，我便在放鬆的氛圍中流淚了，經過操練全身都好痠痛，然而心靈卻是前所未有的平靜舒坦，釋放了壓抑多年的緊繃。

此後，我再也無法不練瑜伽，從一週一次，慢慢到兩、三次，後來幾乎每天都想練習。雖然只是練習體位法，但在那個階段卻帶來非常巨大的轉化，讓原本疲弱的身心變得強健。

一年之後，在一次大掃除中，我把房裡所有的安眠藥全部丟進垃圾桶，正式宣示，夜夜好眠的我再也不需要它們了。

如此練習兩年後，我才漸漸知曉自己要走的路就是瑜伽，於是在寫完論文後，決心不再考博士班，一個人到台北接受師資訓練，想成為一位瑜伽老師。

那一年，我二十八歲，遭逢生命中的莫大轉折。

起初處境十分艱難，在台北誰都不認識，離鄉背井，無論做什麼都不甚順遂，不但少有教學機會，就連手腕也因搬家受了傷，一直好不起來，再度被捲入昔日的憂鬱漩渦。

但這回有了瑜伽，我得以循著這條修練之路，慢慢將自己從漫天巨浪中撈起來，在岸邊喘息休憩，再繼續前進。透過練習穩住心念與腳步，同時在瑜伽的探索上也不再只有體位法，幾番嘗試，終於尋得適合自己的傳承派別，真正走向修心的道途。浸淫其中教學相長，就是我的生活日常。

直到最近幾年，教學工作與生活才算是穩定下來，得以回頭重拾紙筆，寫下這些年來的歷練，希望讓大眾了解瑜伽不只是一種運動，而是心靈的修行。

「真是不容易的路，聽起來好辛苦。」穎聽得津津有味。

「一路咬牙哭著跪著爬過來，非常孤單，但當我第一次來到學院時，感受到冥冥之中一直有股力量在指引我、保護我，我尊稱祂為上師。在當年我還未意識到時，祂就一路跟隨我，陪伴我在困境中成長，因為那是我必須通過的道路。後來，上師也協助我用最擅長的方式，將這些經驗分享給更多的人，做為我畢生的功課和使命。」我朝著恆河低頭合十，虔誠地闔上眼睛，向上師禮敬。

＊＊＊

回到台灣後的隔天就立刻回歸工作，其實休息得還不太夠。而這次在印度所掀起的情緒波瀾，也讓身心有些疲倦，能為自己做的，就是持續練習。在每晚睡前，我也會默默跟上師祈禱，祈求祂消除我的困惑，讓我明瞭祂所要教導的一切。

於是過了幾天，我在教學現場如願獲得回應。

我所教的課程大部分都是體位法，雖只是自我練習的一小部分，但經過靜默的沉澱，感覺又更有力量了些。那天我不斷說出連自己都感到驚訝的話語，連番打中了我：「保持流動，無論你感覺到的是什麼，都有它特別的意義，不要去區分好壞，一切順水而流。」「有時候被卡住了，但事情為什麼會這樣發生，是沒有原因的，不用思考，也毋須找到原因，你只需要不斷地流動。」我望著眼前的學生，他們眼神發亮地凝視我，好似也忽然明白了些什麼。

這些提醒不也正是我最需要的嗎？

當晚的最後一堂課，我突然想跟學生分享以前失眠的經歷：「我曾經是個資深失眠者，那種躺在床上睜著眼等待天亮的痛苦，我再清楚不過了。但放鬆是可以練習的，就像是體位法，常常伸展，身體會變得柔軟強韌，心靈也是一樣的。」「我有認床的問題，只要換個房間就很難入睡，或許我天生就比較不好睡，但我不會害怕，因為現在我知道如何幫助自己放鬆下來。活在這個世上，本就得面對各種壓力，但我們要做的並不是迴避壓力，而是妥善調適，在各種情境中勇敢活下去。」

在場有好幾位學員聽完後猛點頭，教室瀰漫著專注而溫暖的氛圍。我們繼續伸展，最後來到二十分鐘的放鬆練習和靜坐。

熄燈後，在心中畫了三道光圈，隨即跟學員一起進入深層的寂靜中，雖仍持續口語引導，卻已感覺不到身體的存在，意識融入深邃的靜默。那並不是我平時能輕易到達的地方，但停頓在那兒，獲得全然的休息與療癒，即使仍在教學，卻與靜坐般無二。

最後帶領學生退出大休息之前，我忽然明白，為何要飛到這麼遠的地方，把自己關起來，一句話也不說，提起勇氣面對所有的情緒及傷痛記憶。因為在接受自己，讓一切重新流動之後，那份真誠、寬容與敞開會使人獲得全然的自由，不再被內在的陰影所困。直到此時，我才真正得以教學、書寫或分享瑜伽。

從前的考驗與辛苦都已經結束了，或許曾長期活在困頓與不確定感之中，但那都過去了。毋須再如此奮力存活，一刻也不得鬆懈，因為生命不只是披荊斬棘的過程而已，還需要讓自己快樂而充實地停留在安穩中歇息，享受當下的豐盛恩典。

「現在，讓宇宙第一個聲音嗡（om），在你的心中升起，默唸著嗡的聲音，我們即將喚醒身體。」我引導學生，同時也帶領自己。

學生醒了，我也醒了。

每個呼吸都是一劫，走過生生世世、千劫萬劫，此刻方才從幻境中真正甦醒，光明乍現，回到當下。

瑜伽課結束了，我離開教室，跟往常一般平靜地踏入台北市區喧囂的人群與車陣之中。秋風颯爽，月明如水，腳下的每一步都踏實無比。

是該回家了，在這個當下，真正地回家。

給奔波忙碌者的練習處方

當你被永無止境的行程追趕，試圖滿足每個人的需求而感到疲憊萬分時，最希望的就是躲進一個不受打擾的空間，毋須言語，好好休息。

但經常在你最需要安靜自處時，卻找不到這樣的地方，或者雖能獨處，卻依然滑著手機、上網、看影片，任由聲光及紛亂的念頭持續轟炸，躺在床上輾轉難眠，隔天醒來感覺又更累了。

靜默能幫助你建造一個得以充分休息的洞穴，毋須大興土木，只需要靜下來，也許是在車上、辦公室、客廳、公園、學校的任何一個角落，坐好，閉上眼睛，想像三道金色的光圈，從左而右、從右至左、從上而下，將全身輕輕地包圍，這三道光形成一個寧靜的洞穴，將外在世界與你區隔開來。

放鬆全身的肌肉，用心感受這個結界所組構的空間，你很安全，完全受到保護。將注意力收攝回到呼吸，讓腦中川流不息的念頭經過眼前，又逐漸遠離，不去抓取，也不跳進這條心念之河，隨時將自己帶回呼吸。做一個冷靜的旁觀者，安然陪伴自己，在一吸一吐之間，擁抱珍貴的靜默時光。

瑜伽練習者求生指南

看世界的方法 196

作者——張以昕 Phoebe Chang

封面設計——BiancoTsai
責任編輯——施彥如

社長——許悔之
總編輯——林煜幃
主編——施彥如
美術編輯——吳佳璘
企劃編輯——魏于婷
行政助理——陳芃妤

董事長——林明燕
副董事長——林良珀
藝術總監——黃寶萍
執行顧問——謝恩仁

策略顧問——黃惠美・郭旭原
郭思敏・郭孟君
顧問——施昇輝・林子敬
謝恩仁・林志隆
法律顧問——國際通商法律事務所
邵瓊慧律師

出版——有鹿文化事業有限公司｜台北市大安區信義路三段106號10樓之4
T. 02-2700-8388｜F. 02-2700-8178｜www.uniqueroute.com
M. service@uniqueroute.com

製版印刷——鴻霖印刷傳媒股份有限公司

總經銷——紅螞蟻圖書有限公司｜台北市內湖區舊宗路二段121巷19號
T. 02-2795-3656｜F. 02-2795-4100｜www.e-redant.com

ISBN——978-986-06823-1-1
定價——360元
初版——2021年9月

瑜伽練習者求生指南 / 張以昕 Phoebe Chang 著 一初版．一臺北市：有鹿文化，2021.9．面；14.8×21 公分 一
（看世界的方法; 196）ISBN 978-986-06823-1-1（平裝）
863.57 ………… 110012049